미하일 아파나시예비치 불가꼬프

·

개의 심장

창 비 세 계 문 학

18

•

개의 심장

•

미하일 아파나시예비치 불가꼬프

김세일 옮김

창비

차례

•

개의 심장
7

일러두기

1. 이 책은 Михаи́л Афана́сьевич Булга́ков, *Собачье сердце*(모스끄바: 후도제스뜨벤
   나야 리쩨라뚜라 1988)를 번역저본으로 삼았다.
2. 본문 중의 각주는 옮긴이의 것이다.
3. 러시아어는 끼릴 문자로 표기했다.
4. 외국어는 되도록 현지 발음에 가깝게 표기하되, 우리말 표기가 굳어진 것은 관용을
   따랐다.

1

우-우-우-우-우-구-구-구우! 아, 나를 봐. 내가 죽어가고 있어. 개구멍 사이로 눈보라가 윙윙 몰아치면서 내게 마지막 임종기도를 해주고 있고, 그 눈보라와 함께 난 울부짖고 있어. 나는 끝장이야, 끝장이란 말이야. 더러운 원추형 모자를 쓴 몹쓸 인간, 인민경제중앙위원회 근무자들을 위한 표준식사보급소의 주방장 녀석이 끓는 물을 끼얹어서 내 왼쪽 옆구리에 화상을 입혔어. 프롤레따리아 출신의 비열한 놈! 오, 하느님 맙소사, 너무 아파! 끓는 물이 뼛속까지 뚫고 들어왔어. 지금 난 울부짖고 또 울부짖지만 그래 봐야 아무 소용도 없어.

내가 그 사람에게 무슨 방해라도 됐단 말인가? 구정물통을 좀 뒤졌기로서니 설마 내가 인민경제위원회 음식까지 홀랑 먹어치우 겠어? 탐욕스러운 놈! 여러분도 언젠가는 옆으로 확 퍼진 그 뚱뚱보 주방장 녀석의 낯짝을 보게 될 거야. 구릿빛의 누런 상판대기를 가진 도둑놈을 말이야.

아, 인간들, 인간들이란!

정오 무렵에는 원추형 모자를 쓴 그 주방장 놈이 끓는 물로 나를 대접했었지. 이제 날이 어둑해진데다 쁘레치스쩬까 소방대로부터 파 삶는 냄새가 나는 걸 보니 대략 오후 4시쯤 되었겠군. 여러분들도 잘 알다시피 소방대원들은 저녁식사로 죽을 먹지. 그런데 죽은 나에게 있어 버섯과 마찬가지로 가장 맛없고 형편없는 음식이야. 내가 아는 쁘레치스쩬까 출신의 개들이 말하기를, 마치 네글린 거리의 '바르' 레스토랑에서 매운 쏘스를 뿌린 3루블 75꼬뻬이까 짜리 버섯요리를 처먹는 것 같다더군. 뭐, 버섯 애호가들이야 좋아하겠지. 하긴 덧신을 핥아도 저 좋으면 그만이니까…… 우-우-우-우-우……

옆구리가 아파서 견딜 수가 없어. 내일이면 위궤양이 생기겠지. 그럼 난 무엇으로 치료를 하나. 내 앞날이 훤히 보이는군. 여름이라면 쏘꼴리니끼 공원으로 도망이라도 칠 텐데. 그곳엔 아주 좋은 풀도 있고, 그외에도 공짜로 쏘시지 꽁다리를 배불리 먹거나 아니면 사람들이 버린 쏘시지 기름종이라도 실컷 핥을 텐데 말이야. 만약 달빛 아래에서 사람들에 빙 둘러싸여 「사랑스러운 아이다」를 부르는 가수가 잔소리꾼 노파만 아니라면 얼마나 좋을까. 아, 그 노파는 생각만 해도 소름 끼쳐. 이제 난 어디로 가야 하나? 사람들의 구둣발에 궁둥이를 걸어차인 적이 있냐고? 물론 있지. 벽돌로 옆구리를 얻어터진 적은? 수없이 많아. 이 모든 게 내 운명이겠거니 하고 견뎌왔어. 만약 지금 내가 눈물을 흘리게 된다면 그건 오로지 육체적 고통과 추위 때문이야. 왜냐하면 내 영혼은 아직 소멸되지 않았으니까…… 개의 영혼은 영원히 소멸되지 않아.

하지만 내 몸뚱이는 사람들에게 두들겨맞아 완전히 망가져버렸고, 사람들은 이런 내게 심한 욕설을 퍼부어대지. 정말 중요한 문제는, 펄펄 끓는 물을 끼얹는 바람에 털이 몽땅 빠져버려 왼쪽 옆구리에 아무것도 남지 않았다는 거야. 이제 난 쉽게 폐렴에 걸릴 수도 있어. 여러분, 만약 내가 폐렴에 걸린다면, 아마 난 굶어죽게 될 거야. 폐렴에 걸리면 정문 계단 밑에나 누워 있어야겠지. 그럼 누가 누워 있는 독신의 수캐인 나를 대신해서 여기저기 쓰레기통을 뒤지고 다니며 먹을 걸 구해다주겠어? 결국 폐렴이 온몸에 퍼질 테고, 땅에 배를 대고 기어다니다가 기운이 죄다 빠져버리겠지. 그럼 어떤 놈이 와서 몽둥이로 패죽일 거야. 그다음엔 번호표를 단 청소부들이 와서 내 다리를 잡아들고 마차에 던져버리겠지……

전체 프롤레따리아 중에서도 청소부들이 가장 추악하고 몹쓸 인간들이야. 그들이 하는 청소라는 것은 가장 저급한 수준의 일이지. 하지만 요리사로 말하자면 여러 부류가 있어. 예를 들어, 지금은 고인이 된 쁘레치스쩬까 거리의 요리사 블라스 같은 양반 말이야. 정말 많은 개들의 목숨을 구해주었어. 개들이 아플 때 가장 필요한 건 한 덩어리의 음식이야. 한번은 요리사 블라스가 뼈다귀를 흔들다가 던져주었는데, 그 뼈다귀에 무려 8분의 1파운드가량의 살코기가 붙어 있었다고 늙은 수캐들이 말하더군. 그 양반은 표준 식사보급소 출신이 아니라 똘스또이 백작 집안의 귀족 요리사였기 때문에 천국에 갔을 거야. 그런데 표준식사보급소라는 곳에서 대체 무슨 짓을 하는지 개의 머리론 도무지 알 수가 없어. 이 보급소의 추악한 요리사 놈들이 썩은 냄새가 나는 고기로 양배추 수프를 끓이는데, 이를 전혀 모르는 불쌍한 인민들은 이곳에 와서 음식을 싹 비우고는 혀로 핥아먹기까지 한단 말이야.

9급 타이피스트로 일하는 어떤 아가씨는 월급으로 45루블을 받지. 그런데 애인이 실크 스타킹을 선물한 거야. 그런데 그 아가씨가 실크 스타킹을 받은 댓가로 얼마나 많은 조롱을 당해야 했을까? 사실, 그 애인이란 놈은 아주 특별한 방법으로 그녀를 '프랑스식 사랑'에 빠뜨려버렸지. 우리끼리 얘기지만, 프랑스인들은 아주 비열한 놈들이야. 음식을 잔뜩 차려놓고 처먹는데다 오로지 적포도주만 마신단 말이야. 그래…… 마침 저기에 그 타이피스트 아가씨가 달려오는군. 하지만 월급 45루블로는 '바르' 레스토랑에 갈 순 없지. 그 돈으론 영화를 보러 가기에도 부족해. 여자들에게 있어 영화는 삶의 유일한 즐거움이지만 말이야. 그러니 돈 한푼에 벌벌 떨고 얼굴이나 찌푸리며 어쩔 수 없이 사는 거지…… 생각해봐. 요리 두 접시에 40꼬뻬이까라니. 둘을 합쳐봐야 15꼬뻬이까어치도 안되는 걸 갖고 말이야. 이런 일이 생기는 이유는, 경리담당이라는 작자가 나머지 25꼬뻬이까를 빼처먹기 때문이지. 정말 타이피스트 아가씨에게 이런 형편없는 식사가 필요키나 하느냔 말이야. 그녀는 오른쪽 폐첨肺尖[1]에 이상이 있는데다 부인병까지 걸렸어. 그런데 직장에서는 그에 해당하는 만큼을 월급에서 공제하고 식당에서는 썩은음식이나 먹이고 있지. 저기 그녀가 오는군, 그녀가 오고 있어⋯⋯애인이 선물한 그 스타킹을 신고 개구멍 쪽으로 달려가는군. 다리가 몹시 추워 보이는데다 배 속으로는 바람이 술술 들어가고 있어. 왜냐하면 그녀의 털옷이나 내 개털이나 비슷한 처지거든. 속이 들여다보이는 망사 바지라서 꽤나 추워 보이는군. 애인 녀석이나 좋아할 누더기야. 그녀가 두툼한 모직 바지라도 한번 입어보라지. 그럼 이렇게 호통칠 거야. "왜 이렇게 멋대가리가 없어! 내 마누라 마뜨료나도 싫증나고, 그놈의 모직 바지도 지겨워. 이제 나의 시대가왔단 말이야. 지금은 내가 위원장이야. 그동안 몰래 빼돌린 돈은 몽땅 네 몸치장이나 가재 요리를 먹거나 '아브라우-뒤르소' 샴페인을 마시는 데 썼어. 왜냐하면 난 젊은 시절에 지겹도록 굶어봤으니까. 이제 내게 다음 세상이란 건 존재하지 않아."

타이피스트 아가씨가 불쌍해. 정말 불쌍해! 하지만 내가 더 불쌍해. 이건 이기적인 생각으로 하는 말이 아니야. 오, 절대 아니야. 왜냐하면 우리가 가진 조건이 서로 공평하지 않기 때문이야. 그녀에겐 따뜻한 집이라도 있지만, 내겐, 내게는⋯⋯ 난 어디로 가야 하

[1] 폐의 위쪽에 둥그스름하게 솟은 끝부분.

나? 우-우-우-우-우······!

"꾸찌, 꾸찌, 꾸찌! 샤리끄, 샤리끄······ 불쌍한 녀석, 무슨 일 때문에 훌쩍거리니? 누가 널 못살게 구는 거야? 아이코······"

마녀처럼 매정한 눈보라가 휘몰아쳐 쾅 하고 문소리를 내더니 빗자루로 타이피스트 아가씨의 귀때기를 후려쳤다. 아가씨의 치마가 무릎까지 치켜올라가는 바람에 담황색 스타킹과 세탁이 안 된 촘촘한 줄무늬 모양의 망사 팬티가 드러나 보였다. 눈보라는 뭐라고 중얼거리는 아가씨의 말을 흩뜨려버리더니 문 앞에 쭈그리고 있는 개를 덮쳐왔다.

오, 맙소사····· 참 지독한 날씨야····· 아아····· 배가 아파. 이건 썩은 고기 때문이야, 바로 그 썩은 고기 때문이라고! 이 모든 게 언제나 끝난단 말인가?

타이피스트 아가씨가 고개를 숙인 채 문밖으로 빠져나와 눈보라를 향해 곧장 돌진했다. 거리로 나서자 눈보라가 그녀 주위를 빙빙 돌면서 이리저리 잡아끌다가 이번엔 회오리를 만들어 몸을 감쌌다. 그러자 그녀의 모습이 사라져버렸다.

개구멍에 홀로 남겨진 개는 다친 옆구리 통증으로 인해 고통스러워하면서 차가운 벽에 바짝 기대었다. 개는 숨을 헐떡거리며 이젠 더이상 아무 데도 가지 않고 이 통로에서 그냥 죽어버리기로 굳게 마음먹었다. 그러자 절망감이 밀려왔다. 개의 마음이 얼마나 쓰리고 아프고 외롭고 무서웠던지 조그만 뾰루지만 한 눈물방울이 아롱져 흘러내렸다. 하지만 그마저도 이내 말라버렸다.

개의 상처 난 옆구리에는 얼어붙은 작은 덩어리들이 개털과 뒤엉켜 밖으로 삐져나와 있었고, 그 덩어리들 사이로 빨갛게 달아오른 흉측한 화상 자국들이 보였다. 요리사들이란 얼마나 얼빠지고 둔하고 잔인한 작자들인가. 여자가 개 이름을 '샤리끄'라고 불렀다…… 젠장, 이 개가 무슨 '샤리끄'란 말인가? 샤리끄란 원래 귀한 혈통의 어미 개와 아비 개 사이에서 태어나 귀리죽을 먹고 살이 올라 둥그스름하게 생긴 새끼 개를 부르는 이름이다. 그런데 이 개는 털북숭이에다 비쩍 마르고 길쭉한 몸뚱이 여기저기에 상처가 있는 떠돌이 수캐가 아니던가. 하지만 그렇게라도 불러주니 고마운 일이지.

길 건너 불이 환하게 켜진 상점에서 쾅 하는 문소리가 나더니 한 시민이 밖으로 나왔다. 보아하니 프롤레따리아 동무가 아니라 시민이 틀림없다. 좀더 정확히 말하자면 신사라고 할 수 있지. 가까이 올수록 신사 양반임이 더욱 분명해. 여러분은 내가 그의 외투를 보고 판단한다고 생각하겠지? 천만의 말씀. 요즘은 프롤레따리아들도 대부분 외투를 입고 다닌단 말이야. 한데 외투 깃에서 차이가 나지. 이건 말할 필요도 없어. 물론, 멀리서 보면 헷갈릴 수도 있겠지. 하지만 눈을 들여다보면 멀리서든 가까이서든 헷갈릴 일이 없어. 아, 눈이란 정말 중요한 거야. 마치 바로미터와 같아. 눈을 보면 모든 게 보여. 누가 메마른 영혼을 가졌는지, 누가 아무런 이유 없이 뾰족한 구두코로 갈비뼈를 걷어찰 수 있는지, 누가 개라면 벌벌 떨고 두려워하는지 말이야. 그래, 바로 그 겁쟁이 녀석이 마지막 경우에 해당했지. 그래서 내가 그 녀석의 복사뼈를 콱 물어버렸어. 두려워하면 당하는 법. 일단 두려워했으니 그 값을 치른 거지…… 으르-르-르…… 멍-멍……

신사 양반이 기둥이 있는 곳에서 눈보라 치는 거리를 당당하게 가로질러 개구멍 쪽으로 걸어가는군. 그래, 그래, 이 양반의 모든 것이 보여. 썩은 고기 따위엔 손도 대지 않을 사람이야. 만약 어디서든 그에게 썩은 고기를 내놓는다면, 나, 필리쁘 필리뽀비치에게 이런 썩은 음식을 먹게 했다고 신문에 투고를 하는 등 한바탕 소동을 일으킬 거야.

그가 점점 가까이 다가오고 있군. 이 양반은 먹고사는 것이 넉넉해서 남의 것을 탐하지 않고, 발로 걷어차지도 않고, 또 아무도 두려워하지 않을 사람이야. 항상 배가 부르기 때문에 두려워할 이유가 없지. 프랑스 기사들처럼 끝이 뾰족한 턱수염과 숱이 많고 위풍당당한 흰 콧수염을 하고 있는 것으로 보아 정신노동에 종사하는 신사 양반이야. 그런데 눈보라를 타고 그에게서 전해지는 뭔가 언짢은 이 냄새는 아마도 병원 냄새 같군. 씨가 냄새도 나고 말이야.

도대체 이 신사 양반이 일용품협동조합을 찾은 이유가 뭘까? 그가 바로 옆에 있군…… 뭘 찾는 거지? 우-우-우-우…… 이 더럽고 조그만 상점에서 그가 뭘 살 수 있을까? 값비싼 물건들로 넘쳐나는 '아호뜨니 랴드' 지역만으로는 부족하단 말인가? 아니, 이게 뭐야?! 쏘-시-지잖아. 신사 양반, 만약 당신이 그 쏘시지 재료를 보았다면 아마 이 상점 근처엔 얼씬도 하지 않을 거요. 그러니 쏘시지는 내게나 주시구려.

개구멍에 있던 개가 남은 힘을 다 끌어모아 사람들이 다니는 인도로 미친 듯이 기어나왔다. 마치 총알이 날듯 머리 위에서 눈보라가 윙윙거렸고, '젊어지는 것은 가능한가?'라는 커다란 글자들이 쓰인 아마포亞麻布 플래카드가 이리저리 휘날리고 있었다.

젊어지는 건 당연히 가능하지. 봐, 냄새가 나를 젊어지게 하잖아. 땅바닥에 깔린 내 배를 들어올려 이틀이나 비어 있던 위장을 강렬히 요동치게 한단 말이야. 냄새는 병원도 물리칠 수 있어. 아! 잘게 썬 암말 고기에 마늘과 후추를 살짝 곁들인 천국의 냄새! 그의 외투 오른쪽 주머니에 쏘시지가 있다는 걸 이미 난 느낌으로 알고 있어. 그가 내 머리 위를 지나가는군. 오, 나의 구세주여! 나를 좀 봐주오. 내가 죽어가고 있어요. 아, 비굴한 개들의 영혼, 비겁한 개 팔자여!

개는 눈물을 머금은 채 땅에 배를 깔고 뱀처럼 기었다. 제발, 요리사들이 한 짓에 주의를 기울여보시오. 그리고 신사 양반, 당신은 그러지 마시길. 오, 난 부자들이 어떤지 잘 알고 있어. 사실 당신 같은 부자에게 왜 이런 쏘시지가 필요하지? 뭣 때문에 썩은 말고기 따위가 필요하느냔 말이야? 모셀리쁘롬² 같은 곳을 제외하고 이런 독극물은 어디서도 구하지 못할 거야. 당신은 오늘 아침식사를 했을 테지. 당신은 남성 생식선生殖腺 연구에 있어 세계적인 권위자니

---

2 당시의 모스끄바 농수산물관리청.

까. 우-우-우-우…… 대명천지에 이게 무슨 일이란 말인가? 지금 죽기엔 너무 이르고, 그렇다고 절망하는 건 죄악이 아니던가. 이제 저 신사 양반의 손이라도 핥아보는 것 외에 더이상 남은 게 없어.

그때 정체를 알 수 없는 그 신사가 개에게 다가오더니 금테 안경 너머로 눈을 번뜩이고는 오른쪽 주머니에서 가늘고 기다란 흰색 꾸러미를 꺼냈다. 그는 갈색 장갑을 낀 채로 눈보라 때문에 펄럭거리는 종이 꾸러미를 풀어헤치더니 소위 '특제 *끄라꾸프*[3]산產'이라 불리는 쏘시지 한 조각을 부러뜨려 개에게 던져주었다. 오, 얼마나 욕심이 없는 분인가! 우-우-우!

"휘익-휘익."

신사가 휘파람으로 개를 부르더니 엄한 목소리로 이렇게 덧붙였다.

"받아라! 샤리끄, 샤리끄!"

또 샤리끄군. 아예 이름을 지어버렸어. 뭐, 당신이 베푼 특별한 선행을 위해서라면 원하는 대로 부르세요.

개가 순식간에 껍질을 벗기더니 흐느끼는 소리를 내면서 *끄라꾸프산* 쏘시지를 덥석 물고 단숨에 먹어치웠다. 이때 쏘시지에 묻었던 눈이 함께 목에 걸리는 바람에 눈물이 핑 돌았다. 게다가 너무나 먹고 싶은 욕심에 쏘시지를 싸고 있던 끈을 같이 삼킬 뻔했기 때문이다. 조금만, 조금만 더 당신의 손을 핥게 해주세요. 당신의

---

3 폴란드 남부 도시 이름. 당시 러시아에서 '끄라꾸프산 쏘시지'는 고급 쏘시지로 통했다고 한다.

바지에 입을 맞춥니다, 나의 은인이여!

"더 줄 테니 일단 먹고……"

신사는 잠깐씩 끊기는 소리로 말했지만 분명하게 의사를 밝혔다. 그는 샤리끄에게 다가가더니 뭔가 궁금한 듯 개의 눈을 들여다본 후 갑자기 장갑 낀 손으로 친근하고 부드럽게 배를 쓰다듬었다.

"아하."

그가 의미심장하게 말했다.

"개목걸이가 없군그래. 아주 잘됐어. 너처럼 주인 없는 개가 필요해. 자, 날 따라오너라."

신사가 손가락을 입에 대고 소리를 냈다.

"휘익-휘익!"

당신을 따라오라고? 그래, 그게 세상 끝인들 어떠하리. 당신의 펠트 구두로 걷어차인대도 난 불평 한마디 하지 않을 거야.

쁘레치스쩬까 거리 전체에 가로등이 빛나고 있었다. 샤리끄는 참기 힘들 정도로 옆구리가 아팠지만 수많은 행인들 속에서 모피 외투를 걸친 신사의 멋진 모습을 놓치지 않은 채 그에게 무엇으로든 사랑과 충성심을 표현해야겠다는 한가지 생각에만 몰두했다. 그 덕분에 이따금 통증을 잊을 수 있었다. 샤리끄는 쁘레치스쩬까 거리에서 오부호프 골목까지 가는 동안에 일곱번이나 충성심을 표시했다. 먼저 묘르뜨브이 골목 근처에서 신사의 구두에 입을 맞추었고, 신사가 지나갈 길을 미리 청소하며 걷다가 어떤 부인에게 사납게 짖어대는 바람에 그녀를 인도와 도로 사이의 둔덕에 걸터앉

게 만들었으며, 자신에 대한 동정심을 계속 유지시키기 위해 두번 정도는 낮은 소리로 짖기도 했다.

한편 낙수받이 홈통 뒤에서 시베리아 고양이를 닮은 더러운 떠돌이 고양이 한마리가 튀어나오더니 눈보라가 휘몰아치는 속에서도 끄라꾸프산 쏘시지 냄새를 맡기 시작했다. 다친 몸으로 개구멍에나 누워 있던 자신을 받아준 이 괴짜 부자가 만약 저 도둑고양이도 함께 데려간다면 모셀리쁘롬 제품을 나누어먹을 수밖에 없다는 생각이 들자 샤리끄는 눈앞이 캄캄해졌다. 그래서 고양이를 향해 이빨 부딪히는 소리를 내며 위협을 가했다. 그러자 고양이가 구멍 뚫린 호스 관에서나 나는 김빠지는 소리를 내면서 홈통을 타고 2층으로 도망을 쳤다.

"으-르-르-룽…… 멍멍! 저리 꺼져! 하릴없이 쁘레치스쩬까 거리를 돌아다니는 쓰레기 같은 놈에게 주려고 모셀리쁘롬 제품을 준비해두지는 않아."

소방서 근처의 어느 창가에서 프렌치호른의 즐거운 연주 소리가 들리자 마침내 신사가 샤리끄의 충성심을 인정하여 20그램 정도의 쏘시지 조각을 두번째 포상으로 주었다.

정말, 괴짜 양반이야. 쏘시지로 날 유혹하는군. 난 아무 데도 가지 않을 테니 걱정 마요. 어디로 가자고 하든 당신 뒤만 따를 테니까요.

"휘익-휘익-휘익! 이리 와!"

오부호프 골목으로? 좋아, 이 골목은 우리 개들이 아주 잘 알고 있는 곳이지.

"휘익-휘익!"

그쪽으로? 기꺼이 가죠…… 아이고, 안돼, 제발…… 안돼. 거기 수위가 있잖아. 이 세상에 수위보다 나쁜 놈은 없어. 청소부보다 훨씬 위험한 놈이지. 정말 혐오스러운 종자야. 고양이보다 더 추악해. 끈 장식 복장을 한 도살자!

"녀석, 겁내지 말고 오너라."

"안녕하십니까. 필리쁘 필리뽀비치!"

"안녕한가, 표도르!"

아, 이 양반이 이런 인물이었군. 맙소사, 개의 운명이 도대체 날 누구에게 인도한 거야! 길거리에서 개를 데리고도 무사히 수위들을 지나 주택조합원 아파트로 들어갈 수 있는 저 신사는 대체 어떤 인물이란 말인가? 저 비열한 수위 녀석 좀 보게, 아무 말도 없는데다 움직이지조차 않는군. 사실 수위의 눈은 흐릿하지만, 금줄이 둘린 모자 밑으로 태연한 척하고 있지. 당연히 그래야 하는 듯이 말이야. 여러분, 저 수위 녀석이 신사를 대하는 태도 좀 봐요. 정말 깍듯하게 대하는군! 어쨌든 나는 신사 양반의 뒤에 바짝 붙어서 따라 들어가야지. 날 건드린다면? 그럼, 물어버리지. 굳은살이 박인 프롤레따리아 녀석의 발을 꽉 물어버리는 거야. 녀석의 동료가 퍼부은 온갖 조롱과 멸시를 대신해서 말이야. 그자가 빗자루 솔로 내 낯짝을 얼마나 상하게 했는지 알기나 해, 응?

"자, 가자, 가자꾸나."

네, 네. 걱정 마세요. 당신이 가는 곳으로 나도 갑니다. 단지 가야 할 길만 알려주세요. 옆구리가 몹시 아프긴 하지만 여기 남아 있지는 않을 테니까요.

신사가 계단 위쪽에서 아래쪽을 보며 물었다.

"표도르, 나에게 온 편지는 없는가?"

표도르가 계단 아래쪽에서 위쪽으로 쳐다보며 정중하게 대답했다.

"아무것도 없었습니다, 필리쁘 필리뽀비치. (뒤따라가며 은밀하게 속삭인다.) 그런데 3호실에 주택조합 동무들이 입주를 했습니다요."

그러자 위풍당당한 우리의 개-자선사업가께서 몸을 틀어 계단 난간 너머로 구부리더니 몹시 못마땅한 표정을 지으며 물었다.

"정말인가?"

그의 눈이 휘둥그레지고 콧수염이 곤두섰다.

수위가 얼굴을 치켜들고 손바닥을 입술에 갖다대며 재차 확인했다.

"분명합니다. 모두 네명입니다요."

"맙소사! 이제 이 아파트에 무슨 일이 벌어질지 상상이 가는군. 그런데 그자들은 어떻던가?"

"뭐, 특별한 건 없습니다요."

"표도르 빠블로비치는?"

"접이식 장지와 벽돌을 사러 갔습니다. 칸막이벽을 세운다네요.”

“그건 또 무슨 소린가!”

“필리쁘 필리쁘비치, 선생님의 아파트를 제외하고 모든 아파트에 사람들을 새로 입주시킨답니다. 방금 전에 집회가 있었는데 새로운 조합법이 채택됐어요. 전에 살던 분들을 모두 강제로 쫓아낸답니다.”

“이게 무슨 일이란 말인가. 허허, 이거 참…… 휘익-휘익.”

갑니다, 가요. 서두르고 있어요. 보다시피 옆구리가 아파서 몹시 힘들어요. 아, 장화라도 핥게 해준다면 좋으련만.

잠시 후 수위의 모자가 아래쪽으로 자취를 감추었다. 대리석 계단참에는 보일러 파이프에서 따뜻한 바람이 나오고 있었다. 다시 한번 방향을 틀자 건물에서 가장 좋은 층인 2층이 나타났다.

2

1킬로미터 정도 떨어진 곳에서 풍기는 고기 냄새를 알아차리기 위해 글 읽는 법을 배울 필요는 확실히 없다. 여러분이 모스끄바에 살고 있고 머릿속에 어떠한 형태의 뇌라도 들어 있다면 그건 싫든 좋든 간에 배우게 되는 것이다. 별다른 수업을 듣지 않아도 말이다. 약 4만 정도의 모스끄바 개들 가운데 정말 바보천치가 아니라면 '쏘시지'라는 단어의 알파벳을 조합하지 못할 멍청이는 없을 것이다.

샤리끄는 색깔을 통해 글자를 익히기 시작했다. 태어난 지 넉달이 되었을 무렵 모스끄바 도시 전체에 'MCПO[4]——고기 판매'라고

---

4 '모스끄바 소비조합협의회'를 의미한다.

쓰인 청록색 간판들이 내걸렸다. 다시 말하지만, 이건 전혀 무의미한 일이었다. 왜냐하면 그는 '고기'라는 단어를 귀로 들을 수 있기 때문이다. 한차례 혼동이 있긴 했다. 자동차 매연 때문에 후각이 마비된 샤리끄가 청록색을 옅은 청색의 자극적인 색깔로 착각하고 정육점 대신에 먀스니쯔까야 거리에 있는 골루비즈네르 형제들의 전기부속품 가게로 들어갔다. 그곳에서 샤리끄는 피복 철선을 핥아 맛을 보았는데, 그 철선으로 얻어맞아보니 마차 채찍보다 더 아팠다. 그런데 바로 이 주목할 만한 순간이 샤리끄적인 교육의 시작으로 간주되어야 한다. 샤리끄는 '푸른색'이 항상 '정육점'을 의미하지는 않는다는 사실을 길거리에서 이미 깨닫기 시작한 것이다. 그는 찌르는 듯한 아픔 때문에 뒷발 사이에 꼬리를 파묻고 멍멍 짖으면서 모든 정육점 간판의 왼쪽 첫번째 자리에는 썰매처럼 생긴 금색 또는 적황색의 안짱다리 모양의 알파벳 'M'이 자리 잡고 있다는 것을 생각해냈다.

글을 익히는 일은 시간이 흐를수록 성공적이었다. 샤리끄는 모호보이 골목에 있는 'ГЛАВРЫБА'[5] 간판에서 먼저 알파벳 'А'를 익히고 그다음에 알파벳 'Б'를 익혔는데, 'РЫБА'[6]라는 단어의 마지막 알파벳으로부터 접근하는 것이 그는 더 편했다. 왜냐하면 그 단어의 첫 알파벳이 위치한 자리에 경찰이 서 있었기 때문이다.

모스끄바에서 사각형 타일이 붙여진 길모퉁이 집들은 어김없이

5 '어업국'을 의미한다.
6 '생선'을 의미한다.

24

항상 '치즈' 상점을 의미한다. 단어 맨 앞에 위치한 싸모바르[7]의 검은색 밸브 모양의 알파벳은 예전에 그곳 주인이었던 치츠긴을 뜻한다. 그의 상점에는 네덜란드산 붉은색 치즈가 산더미처럼 쌓여 있었고, 개를 아주 싫어하는 짐승 같은 점원들과 바닥에 널린 톱밥 그리고 아주 고약하고 불쾌한 냄새를 풍기는 폴란드산 바끄시쩨인 치즈가 있었다.

만약 「사랑스러운 아이다」보다 멋진 아코디언 연주 소리가 울려 나오고 비엔나 쏘시지 냄새를 풍긴다면, 그 상점의 흰색 플래카드에 적힌 첫번째 글자들은 '무례한 말투 사용 금지, 봉사료 사절'을 의미하는 말들로 이루어져 있을 게 분명하다. 이런 곳은 때때로 싸움판이 벌어져서 주먹으로 낯짝을 패기도 하고, 아주 가끔은 냅킨이나 구둣발로 개들을 때리기도 한다.

만약 상점의 쇼윈도우에 신선도가 떨어지는 허벅지살로 만든 햄이 걸려 있거나 귤이 놓여 있다면…… 멍-멍…… 그건 식료품 가게임이 틀림없다. 만약 나쁜 액체…… 포-오-도, 포도주가 짙은 색 병 속에 들어 있다면…… 그건 옐리세예프 형제들의 상점을 말한다.

정체를 알 수 없는 신사는 건물의 가장 좋은 층에 위치한 화려한 아파트 문 앞으로 개를 데리고 가더니 초인종을 눌렀다. 샤리끄는

---

7 안에 숯을 넣어 물을 끓이는 러시아식 그릇. 여기서 '싸모바르의 검은색 밸브 모양의 알파벳'이란 'Ч'이며, '츠'로 발음한다. 상점주인 치츠긴의 이름을 러시아어로 쓰면 'Чичкин'이다. 따라서 알파벳 'Ч'는 치츠긴이란 이름의 맨 앞에 위치한 알파벳을 말한다.

눈을 들어 금색 알파벳으로 표기된 검은색의 큼지막한 명패를 쳐다보았다. 명패는 파도 무늬가 들어간 장밋빛 유리에 덮인 채 커다란 문에 매달려 있었다. 개는 처음 세개의 알파벳이 '뻬-에르-오, 쁘로'라는 것을 바로 알아차렸다. 그러나 그다음엔 양옆으로 배가 볼록하고 이상하게 생긴 알 수 없는 알파벳이 이어졌다. 샤리끄가 놀라서 생각했다. '정말 프롤레따리아인가……? 그렇지는 않을 거야.' 그는 코를 들어 신사의 외투 냄새를 다시 맡아보고는 확신에 차 생각했다. '아냐, 프롤레따리아 냄새는 나지 않아. 뭔가 학술적인 단어가 틀림없어. 무엇을 의미하는지 하느님은 알겠지.'

장밋빛 유리 너머로 갑자기 밝은 불빛이 켜지자 검은색 명패의 그림자가 짙어졌다. 그러고는 문이 소리도 없이 활짝 열리더니 레이스 모양의 머리 장식에 흰색 앞치마를 두른 젊고 예쁜 아가씨가 신사와 개 앞에 나타났다. 샤리끄는 천국처럼 따스한 온기를 느꼈다. 아가씨의 치마에서는 방울꽃 향기처럼 좋은 냄새가 풍겼다.

'이거 참 멋지군. 이제 알겠어.' 샤리끄가 생각했다.

"자, 샤리끄 씨, 들어오시오."

신사가 비꼬듯이 장난스럽게 말하자 샤리끄가 꼬리를 흔들며 경건한 자세로 안으로 들어갔다.

현관에는 엄청나게 많은 물건들이 수북이 쌓여 있었다. 바닥까지 내려선 거울이 상처투성이에 녹초가 된 제2의 샤리끄를 비추고 있었고, 벽 상단에는 무섭게 생긴 사슴뿔이 걸려 있었으며, 수많은 털외투와 덧신 그리고 천장 아래쪽에 단백석蛋白石으로 만든 튤립 모양의 샹들리에가 있었다.

"어디서 이런 개를 데리고 오셨어요, 필리쁘 필리뽀비치?"

아가씨가 미소를 띤 채 이렇게 질문을 한 후, 신사가 푸르스름한 반점의 암갈색 은여우 모피외투 벗는 것을 도와주었다.

"어머나! 정말 더럽네!"

"쓸데없는 소리. 뭐가 더럽단 말이냐?"

신사가 엄하고 단호한 목소리로 말했다.

외투를 벗자 영국제 옷감으로 만든 신사의 검은색 양복이 나타났다. 배에서 금빛 벨트가 기쁨에 넘친 듯 은은하게 빛나고 있었다.

"가만히 있어, 빙빙 돌지 말고, 휘익…… 그래, 돌지 말라니까, 멍청한 녀석. 음……! 이 녀석은 더러운 개가 아니라…… 가만있으라니까, 젠장…… 음! 아하, 여기 화상을 입었군. 대체 어떤 몹쓸 놈이 네게 끓는 물을 끼얹은 거야? 응? 그래, 얌전히 가만있어야지!"

'그 악당 같은 요리사, 그 요리사 놈요!' 샤리끄가 애처로운 눈빛으로 말하면서 가볍게 짖었다.

"지나, 개를 진찰실에 데려다주고, 내겐 가운을 가져오너라."

신사가 지시를 내렸다.

아가씨가 휘파람을 불고 손가락을 튕겨 소리를 내자 개가 잠시 머뭇거리다가 그 뒤를 따라갔다. 좁고 어두컴컴한 복도에 들어선 그녀와 개는 래커 칠이 된 문을 지난 다음 복도 끝에서 왼쪽으로 돌았다. 그러자 어두침침한 작은 방이 나타났다. 순간 샤리끄는 불길한 냄새를 느끼면서 그 방이 마음에 들지 않았다. 곧 어둠이 사라지고 눈이 부시는 대낮으로 바뀌더니 사방 하얗게 번쩍번쩍 빛나기 시작했다.

'아아, 안돼……' 개는 마음속으로 울부짖었다. '미안하지만, 내 몸을 그냥 바칠 수는 없어! 이제야 이해가 가는군. 그 빌어먹을 쏘시지를 먹지 말아야 했어. 그놈의 쏘시지가 개 병원으로 날 유인한 거야. 이제 강제로 피마자기름을 먹이고 칼로 옆구리를 몽땅 도려내겠지. 안돼, 내 옆구리엔 손도 댈 수 없어!'

"어, 안돼. 어딜 가는 거야?"

지나라는 이름의 아가씨가 소리치기 시작했다.

개가 몸을 빼더니 용수철처럼 튀어올라 갑자기 성한 오른쪽 옆구리로 문을 들이받고는 아파트를 온통 헤집고 다니며 부딪치기 시작했다. 그런 다음 다시 반대 방향으로 쏜살같이 달려가 채찍을 맞은 팽이처럼 제자리에서 빙글빙글 돌았다. 그 바람에 흰색 양동이가 바닥에 엎어지면서 속에 담겨 있던 솜뭉치가 사방으로 날렸다. 개가 빙글빙글 도는 동안 번쩍이는 기구들이 놓여 있던 주변의 장식장들도 이리저리 날아다녔고, 흰색 앞치마를 입은 지나도 펄쩍펄쩍 뛰어올랐다. 마침내 지나의 얼굴이 일그러졌다.

"빌어먹을 털북숭이 놈, 어디로 내빼려는 거야?"

지나가 필사적으로 외쳤다.

'이 집에 비상계단은 어디 있는 거야……?' 샤리끄가 생각했다. 그는 혹시 출구일지도 모른다는 희망에 앞발을 들고 몸을 둥그렇게 웅크린 후 유리문을 향해 부딪쳤다. 그러자 천둥처럼 와장창 소리가 나면서 유리 파편들이 수없이 날아다녔고, 불그스레한 빛깔의 혐오스러운 액체가 담긴 불룩한 단지가 어디선가 튀어나와 온 바닥에 쏟아지는 바람에 악취가 진동하기 시작했다. 그러자 진짜 문이 활짝 열렸다.

"멈춰, 이 빌어먹을 놈아!"

가운에 한쪽 팔만 끼운 채 뛰쳐나온 신사가 개의 다리를 붙잡으며 소리쳤다.

"지나, 이 망할 녀석의 목덜미를 잡아!"

"어머…… 어머나! 글쎄, 이놈이 이렇다니까요."

그러자 문이 활짝 열리더니 가운을 입은 한 남자가 달려들어왔다. 그가 깨진 유리 조각을 밟으며 장식장 쪽으로 달려가 장의 문을 열자 방 안이 온통 달콤하면서도 구역질 나는 냄새로 가득 찼다. 그런 다음 그는 개의 배를 향해 위에서 아래로 덮쳤다. 그때 개가 남자의 구두끈 윗부분을 꽉 물어버렸다. 남자는 신음 소리를 냈지만 잡고 있던 개를 놓지 않았다. 잠시 후, 구역질 나는 액체가 개의 호흡을 멎게 하고 머릿속을 빙빙 돌게 만들었다. 곧 개의 다리에 힘이 쭉 빠지더니 옆으로 비스듬히 쓰러졌다. '물론, 고맙긴 하지만……' 개는 날카로운 유리 조각 위로 쓰러지면서 비몽사몽간에 이렇게 생각했다. '안녕, 모스끄바여! 이제 더이상 치츠낀도 프롤레따리아도 끄라꾸프산 쏘시지도 볼 수가 없구나. 개로 태어나 오래 참고 살았으니 천당에 갈 수 있겠지. 도살자, 형제들이여, 당신들은 왜 이렇게 날 못살게 구는 거요?'

마침내 개가 완전히 옆으로 뻗더니 숨을 거두고 말았다.

그가 다시 살아났을 때, 머리에 가벼운 현기증 증상과 배 속에 약간의 구토 증세가 있었지만 옆구리 통증은 마치 없었던 것처럼 말끔히 사라졌다. 지친 오른쪽 눈을 살짝 떠서 흘끗 둘러보니 붕대가 옆구리와 배를 가로질러 단단히 감겨 있었다. '개자식들, 끝내 해버리고 말았군.' 그에게 어렴풋이 기억이 떠올랐다. '그런데 치료는 잘됐어. 어쨌든 잘한 건 잘했다고 인정해야겠지.'

"쎄비야에서 그라나다까지…… 고요한 밤의 어스름 속에서……"

개의 머리 위로 산만하고 곡조에 맞지 않는 노랫가락이 들려왔다.

개는 깜짝 놀라 두 눈을 크게 떴다. 두어 걸음 앞의 흰 의자 위에 남자의 다리가 놓인 것이 보였다. 한쪽 바짓가랑이와 안에 받쳐입은 속바지가 위로 접혀 있었고, 맨살의 노란 종아리에는 말라붙은 피와 요오드가 묻어 있었다. 개가 생각했다. '이런, 아첨꾼들! 그래서 내가 물어버렸지. 내 작품이란 말이야. 아, 이제 한바탕 전쟁을 치르겠군!'

"'쎄레나데가 울려퍼지고, 칼이 부딪히는 소리가 울려퍼지네!' 이 부랑아 녀석, 왜 의사를 문 거냐? 응? 유리는 왜 깨뜨린 거야? 응?"

"우―우―우……"

개가 구슬프게 울기 시작했다.

"음, 좋아. 이제 정신이 돌아온 모양이군. 그냥 누워 있어, 바보 같은 놈."

"필리쁘 필리뽀비치, 저렇게 흥분해서 날뛰는 녀석을 어떻게 유인한 겁니까?"

남자가 경쾌한 목소리로 질문했다. 위로 접혀 있던 속바지가 아래로 흘러내렸다. 담배 냄새가 나고, 장식장 속에서 작은 유리병 부딪히는 소리가 났다.

"친절한 방법을 썼지. 살아 있는 존재를 대하는 데 있어서 가능한 유일한 방법으로 말일세. 어떤 발전 단계에 있는 동물이든 간에 폭력적인 방법으로 그들을 다룰 수는 없는 법이지. 나는 이것을 예전이나 지금이나 확신하며 앞으로도 그럴 것이네. 그자들이야 폭력이 자신들에게 도움이 될 거라는 헛된 망상에 빠져 있지. 하지만 아니야, 아니란 말이야. 그게 백위군이건 적위군이건 갈색군이건 간에 폭력은 도움이 되질 않아. 폭력은 신경체계를 완전히 마비시켜버리지. 지나! 내가 이 못된 녀석을 위해 끄라꾸프산 쏘시지를 1루블 40꼬뻬이까나 주고 사왔단다. 이 녀석 속이 좀 가라앉거든 먹이도록 해라."

잠시 후 깨진 유리 조각들이 부딪히는 소리가 나더니 아양을 떠는 듯한 여자의 목소리가 들렸다.

"끄라꾸프산 쏘시지라뇨! 아이고 하느님, 이 녀석한테는 정육점에서 20꼬뻬이까짜리 고기 토막이나 사주면 될 텐데요. 이 끄라꾸프산 쏘시지는 차라리 내가 먹는 편이 낫겠어요."

"어디 먹기만 해보아라, 내가 널 먹어버릴 테니까! 그 쏘시지는 사람의 위장엔 독약이나 마찬가지야. 다 큰 처녀가 어린애처럼 그런 추잡한 물건을 입에 대다니. 절대 그러지 마라! 경고하는데, 그걸 먹고 배탈이 나더라도 나와 닥터 보르멘딸리는 널 돌봐주지 않을 거다…… 네가 다른 처녀들과 같다고 말하는 놈들은 내가 모두……"

그때 부드럽고 가냘픈 초인종 소리가 온 아파트에 울려퍼지더니 현관에서 좀 떨어진 곳으로부터 사람들의 말소리가 계속 들려왔다. 그리고 전화벨이 울리자 지나의 모습이 사라졌다.

필리쁘 필리뽀비치는 쓰레기통에 담배꽁초를 버린 후 가운의 단추를 채웠다. 그런 다음에 벽에 걸린 거울 앞에 서서 털이 북슬북슬한 콧수염을 가지런히 펴고는 큰 소리로 샤리끄를 불렀다.

"휘익-휘익. 괜찮아, 괜찮아. 자, 환자들을 보러 가자."

개는 온전치 않은 다리를 딛고 일어서서 꼬리를 흔들며 몸을 부르르 떨었다. 하지만 이내 자세를 바로잡더니 펄럭거리는 필리쁘 필리뽀비치의 옷자락 뒤를 따라갔다. 다시 좁은 복도를 지났다. 그러자 천장에 달린 전등갓에 의해 환하게 비추이고 있는 자신의 모습이 보였다. 래커 칠이 된 문이 열리고 필리쁘 필리뽀비치와 함께 진찰실로 들어갔다. 진찰실의 실내장식 때문에 개는 앞이 보이지 않았다. 불빛으로 인해 방 안이 온통 번쩍거렸다. 조형으로 치장된 천장 밑이 불빛으로 번쩍였고, 책상 위쪽과 벽 그리고 장식장 유리에서도 불빛이 번쩍번쩍 빛나고 있었다. 진찰실의 수많은 물건 위로 불빛이 가득 내리비쳤으며, 그중에서도 벽에 붙은 통나무 가지 위에 앉아 있는 커다란 부엉이가 가장 눈길을 끌었다.

"여기 누워 있어라."

필리쁘 필리뽀비치가 명령했다.

그때 맞은편 문이 열리더니 개에게 다리를 물렸던 그 남자가 들어왔다. 선명한 불빛 아래에서 보니 끝이 뾰족한 턱수염을 기른 젊고 잘생긴 사람이었다. 그가 종이쪽지를 건네며 말했다.

"일전에 다녀간 환자입니다……"

그러고는 조용히 사라졌다. 필리쁘 필리뽀비치는 가운 자락을 넓게 펼친 후 커다란 책상 앞에 앉아서 아주 위엄있고 당당한 자세로 업무를 보기 시작했다.

'아냐, 이곳은 진료소가 아니야. 어딘가 다른 곳에 내가 온 거야.' 개가 당황하여 이런 생각을 하고는 육중한 가죽소파의 양탄자 무늬 위에 몸을 기대고 엎드렸다. '그런데 이 부엉이는 도대체 뭘까……'

문이 살며시 열리고 누군가 안으로 들어왔다. 이에 무척 놀란 개가 겁먹은 듯이 으르렁거렸다.

"짖지 말고 조용히 해! 그런데 손님이 누군지 잘 못 알아보겠소이다……"

그러자 방 안으로 들어온 손님이 당황해하면서 필리쁘 필리뽀비치에게 정중히 인사를 했다.

"히히! 당신은 요술사에다 마법사십니다, 교수님!"

그가 어쩔 줄 몰라하며 이렇게 말했다.

"자, 바지를 벗으시오."

필리쁘 필리뽀비치가 지시를 내리고 자리에서 일어났다.

'아이고 하느님, 뭐 이런 인간이 다 있어!' 개가 생각했다.

그자의 머리에는 녹색 머리카락이 자라나 있었는데, 뒤통수 쪽 머리카락은 누런 적갈색을 띠었다. 얼굴에는 온통 주름이 잡혀 있었지만 얼굴색은 젖먹이한테서나 볼 수 있는 장밋빛을 띠었다. 왼쪽 다리는 굽혀지질 않아 카펫 위로 질질 끌려다녔으며, 그로 인해 오른쪽 다리가 어린 방아벌레처럼 절뚝거렸다. 화려한 양복 윗도리 앞섶에는 마치 눈알처럼 생긴 값비싼 보석이 모습을 드러내고 있었다.

그 모습이 얼마나 우스웠던지 속이 다 불편할 지경이었다.

"멍, 멍……!"

개가 가볍게 짖었다.

"조용히 해! 그런데 요즘 환자분이 꾸는 꿈은 좀 어떠시오?"

"헤헤. 교수님, 여긴 우리밖에 없지요? 이건 말로 다 설명할 수 없는 일입니다요."

방문객이 부끄러워하며 말하기 시작했다.

"확실합니다. 지난 25년 동안에는 이런 일이 전혀 없었단 말이에요."

방문객이 손으로 바지 단추를 잡으며 말을 이었다.

"믿으시려는지요, 교수님. 매일 밤 발가벗은 처녀들이 무리를 지어 나타납니다. 전 완전히 홀려버렸어요. 당신은 마법사십니다."

"흐음."

필리쁘 필리뽀비치가 방문객의 동공을 들여다보면서 걱정스럽다는 듯 한숨 소리를 냈다.

마침내 방문객이 단추를 끌러 줄무늬 바지를 벗자 이제껏 한번도 본 적이 없는 특이한 속바지가 나타났다. 비단실로 검은 고양이 모양의 자수를 놓은 담황색 속바지였으며 향수 냄새가 풍겼다.

개가 고양이를 참지 못하고 마구 짖어대자 방문객이 놀라서 펄쩍 뛰어올랐다.

"아이고!"

"이 녀석 때려줄 테다! 그리고 손님은 겁먹지 마시오, 물지는 않아요."

'내가 물지 않는다고?' 개가 놀랐다.

그 순간 방문객이 머리를 풀어헤친 아름다운 여인의 모습이 그려진 작은 봉투를 바지 주머니에서 카펫 위로 떨어뜨렸다. 그가 당황해서 움찔하더니 몸을 굽혀 얼른 줍고는 얼굴을 붉혔다.

"하지만 조심하시오."

필리쁘 필리뽀비치가 얼굴을 찌푸린 채 손가락으로 안된다는 표시를 하면서 경고 조로 말했다.

"어쨌든 조심하여야겠소. 남용하면 안돼요!"

"전 남용하지 않을……"

그가 계속 옷을 벗으면서 당황하여 중얼거리듯이 말했다.

"친애하는 교수님, 전 단지 경험을 해봤다는 겁니다."

"그래요? 그럼 어떤 결과를 얻었소?"

필리쁘 필리뽀비치가 엄격한 표정으로 물었다.

그러자 방문객이 황홀감에 빠지면서 손을 휘저었다.

"교수님, 하느님께 맹세컨대, 지난 25년간 이런 경험은 절대 없었어요. 1899년에 빠리의 뤼드라뻬 거리에서 있었던 일이 마지막입니다요."

"그런데 머리카락은 왜 녹색이 된 거죠?"

그러자 괴짜 방문객의 얼굴이 어두워졌다.

"빌어먹을 지르꼬스찌라는 염색약 때문이지요. 그 파렴치한 놈들이 보통의 염색약 대신 내게 무엇을 줬는지 교수님은 아마 상상도 못할 겁니다. 자, 한번 보세요."

그가 눈으로 거울을 찾으면서 중얼거렸다.

"그놈들 낯짝을 두들겨패줘야 하는 건데!"

그가 거칠게 화를 내면서 덧붙였다.

"교수님, 이제 전 어떻게 해야 한단 말입니까?"

그가 우는 소리로 물었다.

"흐음? 그럼 삭발을 하시오."

"교수님!"

방문객이 불만에 찬 목소리로 외쳤다.

"그래 봐야 다시 흰머리가 자랄 텐데요. 게다가 직장에는 코빼기도 내밀 수 없는 상황이고요. 벌써 사흘째 못 나가고 있습니다. 어휴, 만약 교수님이 머리카락이 젊어지게 하는 방법을 발견한다면 참 좋으련만!"

"당장은…… 지금 당장은 곤란하오."

필리쁘 필리뽀비치가 웅얼거리며 말했다.

교수가 고개를 숙인 채 번쩍이는 눈으로 맨살이 드러난 환자의 배를 살폈다.

"뭐, 아주 좋군요. 모든 게 완전히 정상이오. 사실을 말하자면, 나도 이런 결과를 기대하지는 못했소. '많은 피, 많은 노래……' 자, 환자분은 이제 옷을 입으시오!"

"나는 가장 매력적인 그녀에게……"

환자가 냄비 깨지는 목소리로 노래를 따라 부르더니 광채를 발하며 옷을 입기 시작했다. 그가 옷매무새를 가다듬은 후 향수 냄새를 풍기면서 절뚝거리며 다가와 필리쁘 필리뽀비치에게 하얀 돈다발을 건네고 그의 두 손을 부드럽게 잡았다.

"2주 동안은 진찰을 받지 않아도 됩니다."

필리쁘 필리뽀비치가 말했다.

"하지만, 당부컨대, 어쨌든 조심하시오."

"교수님!"

환자가 문 뒤에서 기쁨에 찬 목소리로 외쳤다.

"전혀 걱정하지 않으셔도 됩니다요."

그러고는 히히 소리를 내며 유쾌하고 웃고 이내 사라졌다.

잠시 후 초인종 소리가 짧게 한번 울렸다. 곧 래커 칠이 된 문이 열리고 다리를 물렸던 의사가 안으로 들어와 필리쁘 필리뽀비치에게 종이쪽지를 건네며 이렇게 말했다.

"나이가 잘못 적혀 있습니다. 아마 쉰네댓은 되는 것 같고 심장 박동이 좀 약합니다."

의사가 밖으로 나갔다. 그러자 씹다가 뱉은 것처럼 쭈글쭈글한 목에 번쩍이는 보석 목걸이를 달고 당당하게 모자를 옆으로 눌러 쓴 중년 부인이 바스락바스락 옷 스치는 소리를 내면서 들어왔다. 눈 밑에는 상태가 심한 검은 부종浮腫이 내려앉아 있었고, 볼은 마치 인형의 연지처럼 빨갛게 칠해져 있었다. 그녀는 매우 흥분하고 있었다.

"부인! 나이가 어떻게 되시오?"

필리쁘 필리뽀비치가 아주 엄한 목소리로 물었다.

부인이 화들짝 놀랐다. 연지처럼 빨갛던 볼이 하얘졌다.

"맹세컨대, 교수님, 제게 어떤 사건이 있었는지 만약 당신이 아신다면……"

"나이가 어떻게 됩니까, 부인?"

필리쁘 필리뽀비치가 더욱 엄하게 다시 물었다.

"솔직히 말씀드리면…… 그게, 마흔다섯입니다……"

"부인!"

필리쁘 필리뽀비치가 참지 못하고 소리쳤다.

"많은 환자들이 기다립니다. 제발 시간을 지연하지 마시오. 당신 한 사람만 있는 게 아니란 말입니다!"

부인이 숨을 크게 들이쉬자 가슴이 급격히 부풀어올랐다.

"전 오로지 당신에게, 과학의 대가이신 교수님 한분에게만 말씀 드립니다. 하지만, 맹세컨대, 이건 정말 악몽이에요……"

"당신 나이가 몇이냔 말이오?"

필리쁘 필리뽀비치가 격분하여 째질 듯한 목소리로 물었다. 순간 그의 안경이 번쩍거렸다.

"쉰한살이에요!"

두려움에 몸을 떨면서 부인이 대답했다.

"자, 하의를 벗으시오, 부인."

마음이 가벼워진 필리쁘 필리뽀비치가 이렇게 말한 후 한쪽 구석에 교수대처럼 높이 솟아 있는 흰색 진찰대를 가리켰다.

"맹세해요, 교수님……"

부인이 떨리는 손가락으로 벨트의 누름단추 어딘가를 끄르면서 중얼거렸다.

"그 모리쯔는…… 제가 솔직히 고백하건대……"

"쎄비야에서 그라나다까지……"

필리쁘 필리뽀비치가 무관심한 듯이 노래를 부르면서 대리석 세면대의 페달을 밟았다. 그러자 쏴아 소리를 내며 물이 흘러나왔다.

"하느님께 맹세한다고요!"

부인이 소리쳤다. 양 볼에는 화장이 된 피부 사이로 맨살갗이 얼룩덜룩한 점처럼 드러나 보였다.

"전 알아요, 이게 제 인생의 마지막 열정이라는 걸요…… 그런데 그 인간은 무례하기 짝이 없어요! 아아, 교수님! 그는 사기도박꾼이에요. 온 모스끄바 사람들이 다 아는 사실이지요. 게다가 최신 유행 옷차림을 하고, 끼가 좀 있다 싶은 아가씨를 보면 그냥 두는 법이 없어요. 정말로 젊음이 철철 넘치는 사람이에요."

부인이 이렇게 중얼거리고는 바스락 소리가 나는 페티코트 밑에서 구겨진 레이스 뭉치를 꺼내 던졌다.

개는 완전히 혼란스러워졌고, 머릿속의 모든 것이 거꾸로 뒤집혔다.

개는 수치심으로 인해 머리를 앞발 위에 내려놓은 후, 슬며시 잠이 들어가는 몽롱한 상태에서 '이런 황당한 여자가 있나!' 하고 생각했다. '저 레이스 뭉치가 뭔지 알려고 하지 말아야겠어. 어차피 난 이해하지 못할 테니까.'

전화벨 소리에 잠이 깬 개는 필리쁘 필리뽀비치가 뭔가 번쩍이는 원통형 관을 쇠대야에 던져넣는 것을 보았다.

얼굴에 얼룩덜룩한 점이 있는 부인은 손으로 가슴을 꼭 누른 채 기대 섞인 눈으로 필리쁘 필리뽀비치를 바라보았다. 교수는 의미심장하게 얼굴을 찌푸리더니 책상에 앉아 뭔가를 쓰기 시작했다.

"부인, 내가 당신에게 원숭이 난소를 넣어드리겠소."

교수가 이렇게 선언하고 엄중한 표정으로 부인을 쳐다보았다.

"아아, 교수님, 정말 원숭이 난소를요?"

"그렇소."

필리쁘 필리뽀비치가 확고한 어조로 대답했다.

"그럼 수술은 언제 하나요?"

얼굴이 하얘진 부인이 기어드는 목소리로 물었다.

"'쎄비야에서 그라나다까지……' 으흠…… 월요일에 합시다. 아침에 부속병원으로 가서 누워 계시오. 내 조수가 수술 준비를 해줄 거요."

"어휴, 전 부속병원에 가는 거 싫어요. 여기서 하면 안되나요, 교수님?"

"알다시피 내가 이곳에서 수술을 하는 경우는 극히 드뭅니다. 가격도 무척 비싸지요. 500루블이나 합니다."

"전 동의해요, 교수님!"

다시 수돗물 흐르는 소리가 나더니 잠시 후 깃털 달린 모자를 펄럭이며 부인이 밖으로 사라졌다. 그러자 이번엔 접시처럼 털이 하나도 없는 대머리 남자가 나타나서 필리쁘 필리뽀비치를 포옹했다. 개는 꾸벅꾸벅 졸고 있었다. 불편한 속도, 옆구리 통증도 가라앉은 터라 방 안의 따뜻함을 만끽하고 있었다. 심지어 잠깐씩 코를 골거나 순간이나마 달콤한 꿈을 꾸었다. 꿈에서 그는 부엉이 꼬리에서 한움큼의 깃털을 잡아뜯고 있었는데…… 갑자기 머리 위에서 흥분한 목소리로 투덜거리는 소리가 들렸다.

"전 모스끄바에서 너무나 잘 알려진 인물입니다, 교수님. 이제 전 어쩌면 좋죠?"

"신사 양반!"

필리쁘 필리뽀비치가 격분해서 소리쳤다.

"그래서는 안돼요. 자제해야 합니다. 그래, 그 여자는 몇살이죠?"

"열네살입니다, 교수님. 이 일이 알려지면 저는 끝장이에요. 며칠 내로 외국 출장도 가야 한단 말입니다."

"이보시오, 난 법률가가 아니오…… 사정이 그렇다면 2년 동안 기다렸다가 그녀와 결혼하시오."

"전 이미 결혼한 몸입니다, 교수님."

"어허, 이거 참, 이런 양반을 봤나!"

잠시 후 문이 열리고 다음 환자로 교체되었다. 장식장 안에서 의료기구들이 부딪히는 소리가 들려왔다. 필리쁘 필리뽀비치는 한시도 손을 놀리지 않고 일을 했다.

개가 생각했다. '정말 더럽고 추악한 아파트야. 하지만 얼마나 좋은 곳인가! 그런데 저 양반에게 내가 왜 필요한 거지? 정말로 날 여기서 살도록 내버려둘까? 진짜 기인이야! 눈짓 한번만으로 나 같은 개를 집으로 들였어. 참으로 놀랄 일이 아닌가! 혹시 내가 잘생겨서 그런 건가? 어쨌든 내겐 행운임이 분명해! 그런데 저 부엉이는 아무짝에도 쓸모가 없어…… 아주 뻔뻔한 녀석이야.'

초인종 소리도 멈춘 늦은 저녁이 되어서야 개가 완전히 잠에서 깨어났다. 그런데 그때 특별한 방문객들이 문 안으로 들어섰다. 그들은 금세 네명이 되었다. 모두 젊고, 검소한 차림이었다.

'이 사람들은 또 무슨 용건이야?' 개가 화들짝 놀라며 생각했다. 필리쁘 필리뽀비치는 훨씬 불편한 마음으로 손님들을 맞았다. 그는 책상 근처에 서서 마치 적군을 대하는 사령관처럼 그들을 쳐다보았다. 그의 매부리코 콧구멍이 부풀어올랐다. 방 안으로 들어온 손님들이 카펫 위에 발을 털었다.

"우린 당신에게 볼일이 있어 왔습니다, 교수님."

그중 한 사람이 말하기 시작했다. 머리에는 덥수룩한 곱슬머리 털이 약 20센티미터가량 위로 비쭉 솟아 있었다.

"우리가 찾아온 이유는 바로……"

"이보시오, 신사 양반들, 이런 날씨에 어찌 덧신도 신지 않고 쓸데없이 돌아다니는 거요?"

필리쁘 필리뽀비치가 말을 가로막으며 훈시 조로 말했다.

"첫째, 당신들은 감기에 걸릴 것이고, 둘째, 당신들은 내 카펫을 더럽혔소. 내 아파트의 카펫은 모두 페르시아산이란 말이오."

머리털이 덥수룩한 사내가 할 말을 잃고 입을 다물었다. 그러자 나머지 사내들도 모두 놀라서 필리쁘 필리뽀비치를 꼼짝 않고 바라보았다. 침묵은 몇초간 계속되었다. 필리쁘 필리뽀비치가 손가락으로 책상 위의 나무 접시를 두드리는 소리만이 침묵을 깨뜨리고 있었다.

"첫째, 우린 신사가 아닙니다."

네명 가운데 복숭아처럼 생긴 가장 앳돼 보이는 사람이 마침내 입을 열었다.

"첫째."

필리쁘 필리뽀비치가 말을 가로막았다.

"당신은 남자요, 여자요?"

네 명은 다시 할 말을 잃은 채 놀라서 입을 딱 벌렸다. 잠시 후 이번에는 맨 처음 입을 열었던 머리털이 덥수룩한 사내가 정신을 가다듬고 말했다.

"동무, 남자건 여자건 무슨 차이가 있습니까?"

그가 오만한 태도로 물었다.

"난 여자예요."

가죽재킷을 입은 복숭아처럼 생긴 앳된 젊은이가 자신이 여자임을 인정을 하고는 얼굴을 붉혔다. 곧이어 방문객 중에서 털모자를 쓴 금발머리 사내의 얼굴이 새빨개졌다.

"그렇다면 당신은 모자를 쓰고 있어도 좋소. 하지만 귀하께서는 머리에 쓰고 있는 것을 벗어주면 좋겠소이다."

필리쁘 필리쁘비치가 격조있게 말했다.

"나는 당신이 말하는 그 '귀하'가 아닙니다."

금발머리가 털모자를 벗으며 단호하게 말했다.

"우리가 당신을 찾아온 이유는……"

머리털이 덥수룩한 사내가 다시 말을 이었다.

"그런데 '우리'라는 것이 누굴 말하는 거요?"

"'우리'란 이 아파트의 새로운 주택관리위원회를 말하는 겁니다."

사내가 끓어오르는 분노를 누르며 지껄이기 시작했다.

"나는 시본제르, 이 여자는 뱌쳄스까야, 이쪽은 뻬스뜨루힌 그리고 자룹낀 동무입니다. 바로 이게 '우리' 이름입니다……"

"표도르 빠블로비치 싸블린의 아파트에 입주한 사람이 당신들이오?"

"그렇습니다."

시본제르가 대답했다.

"맙소사, 이제 깔라부호프 아파트가 끝장이 났군!"

필리쁘 필리뽀비치가 절망감으로 인해 소리를 치면서 두 손을 꼭 쥐었다.

"교수님, 당신은 뭣 때문에 비웃는 거죠?"

시본제르가 화를 내며 물었다.

"내가 비웃는다고? 난 지금 완전히 절망에 빠져 있단 말이오."

필리쁘 필리뽀비치가 소리쳤다.

"이제 증기난방은 또 어찌 된단 말인가?"

"쁘레오브라젠스끼 교수님, 당신은 우릴 조롱하는 겁니까?"

"대체 무슨 일로 내게 온 거요? 어서 이유나 말하시오. 난 지금 식사를 하러 가야 하오."

"바로 우리가 아파트 주택관리위원회 책임잡니다."

시본제르가 증오심에 가득 찬 목소리로 말했다.

"우린 아파트 각 호실별로 거주자 수를 늘리는 문제를 놓고 전체주민회의를 거친 후 당신을 찾아왔습니다."

"누굴 누구 위에 놓는다고?"

필리쁘 필리뽀비치가 소리쳤다.

"당신들의 생각을 좀더 분명하게 말해주시오."

"거주자 수를 늘리는 문제를 놓고 회의를 했다는 겁니다."

"됐소! 알아들었소! 그런데 당신들은 내 아파트가 8월 12일 자 법령에 의해 이주나 거주자 수 증가 등 일체의 문제로부터 면제된 것을 알고 계시오?"

"알고 있습니다."

시본제르가 대답했다.

"그러나 당신의 문제를 다룬 전체주민회의는 전반적으로 당신이 과도한 면적을 차지하고 있다는 결론에 도달했습니다. 지나치게 과도한 면적을 말입니다. 당신은 혼자서 방 일곱개짜리 아파트에 살고 있단 말이죠."

"그래요, 나는 혼자 살고 있소. 하지만 일곱개의 방에서 일을 하고 있소."

필리쁘 필리뽀비치가 대답했다.

"게다가 여덟번째 방이 하나 더 있었으면 좋겠소. 도서실 용도로 꼭 필요하오."

네명의 방문객이 벙어리처럼 입을 다물었다.

"여덟번째 방이라고요? 에-헤-헤……"

털모자를 썼던 금발머리 사내가 말했다.

"정말로 멋진 생각이군요!"

"도무지 말로는 표현할 방법이 없군요!"

여자로 판명된 앳된 젊은이가 소리쳤다.

"잘 기억해두시오. 내 아파트엔 환자대기실이 있소. 현재 도서실이기도 하지요. 그리고 식당, 집무실, 자, 이러면 셋이오. 다음엔 진찰실이 네번째, 수술실이 다섯번째, 내 침실이 여섯번째, 그리고 하녀의 방이 일곱번째요. 전체적으로 충분치를 않아요…… 하지만 이게 중요한 건 아니지. 내 아파트는 면제를 받았고, 이걸로 대화는 끝이오. 자, 내가 식사를 하러 가도 되겠소?"

"미안합니다만……"

단단한 딱정벌레같이 생긴 네번째 사내가 말했다.

"미안합니다만……"

시본제르가 말을 가로막고 나섰다.

"당신이 언급한 바로 그 식당과 진찰실 문제를 얘기하려고 우리가 온 겁니다. 전체주민회의는 노동규율에 따라서 당신이 자발적으로 식당을 내놓기를 요청합니다. 모스끄바의 어느 누구도 식당을 갖고 있지는 않습니다."

"이사도라 덩컨[8]조차 그렇단 말이에요."

여성 동무가 날카로운 목소리로 외쳤다.

순간 필리쁘 필리뽀비치의 내부에 뭔가 동요가 일어나더니 그 결과로 얼굴이 벌겋게 달아올랐다. 그는 다음 말을 기다리며 아무말도 하지 않았다.

---

8 미국 출신의 발레리나(1877~1927). 당시 세계적으로 가장 유명한 무용수였으며, 1905년에는 러시아를 방문하여 '발레 뤼스'를 비롯하여 러시아 무용계에 새로운 바람을 불어넣은 인물로 알려져 있다.

시본제르가 진찰실 문제에 대해 얘기를 계속했다.

"진찰실은 집무실과 잘 합칠 수 있다고 봅니다."

"그렇군요."

필리쁘 필리뽀비치가 어딘가 이상한 목소리로 말했다.

"그럼 나는 어디서 식사를 해야 한단 말이오?"

"침실에서요."

네명이 합창이라도 하듯 일제히 대답했다.

벌겋게 달아올랐던 필리쁘 필리뽀비치의 얼굴에 회색빛 그림자가 드리워졌다.

"침실에서 식사를 한다……"

약간 짓눌린 듯한 어조로 필리쁘 필리뽀비치가 말하기 시작했다.

"진찰실에서 책을 읽고 환자대기실에서 옷을 갈아입고 하녀의 방에서 수술을 하고 식당에서 진찰을 하란 말이지. 이사도라 덩컨이라면 무척이나 가능한 일이겠군. 아마 그녀라면 집무실에서 식사를 하고 욕실에서 토끼 배를 가를 수도 있을 거야. 그래, 그럴 수도 있겠지. 하지만 나는 이사도라 덩컨이 아니란 말이오……!"

갑자기 그가 고함을 질렀다. 벌겋게 달아올랐던 얼굴색이 노랗게 변했다.

"난 식당에서 식사를 하고 수술실에서 수술을 할 거요! 그러니 전체주민회의에 이 사실을 전하고, 제발 간청컨대, 이제 당신들도 자신의 일로 돌아가시오. 그리고 내게는 모든 정상적인 사람들이 식사를 하는 곳, 즉 현관도 아니고 아이들 방도 아닌 바로 식당에서 식사를 할 수 있도록 해주기 바라오."

"그렇다면, 교수님, 당신의 그 고집스러운 반동행위에 따라……
우리는 당신을 상부에 고발할 겁니다."

몹시 흥분한 시본제르가 말했다.

"아하, 그렇소?"

필리쁘 필리뽀비치가 말했다. 목소리에는 미심쩍게도 정중한 뉘
앙스가 배어 있었다.

"잠깐만 기다리시오."

'그래, 진짜 사나이야.' 개가 환희에 차서 생각했다. '완전히 나
하고 같지 않은가. 오호, 이제 교수가 이자들을 물어뜯을 거야. 오
호, 물어뜯을 거야. 어떤 방법으로 할진 모르겠지만 완전히 물어뜯
고 말 거야…… 이자들을 끝장내버려! 장화 위쪽에 무릎 힘줄까지
뻗은 저 기다란 종아리를 꽉 물어버리란 말이야…… 으-르-르-
릉……'

필리쁘 필리뽀비치가 덜거덕 소리를 내면서 전화 수화기를 집
어들더니 이렇게 말했다.

"네…… 고맙소…… 뾰뜨르 알렉산드로비치를 좀 바꿔주시오.
이쪽은 쁘레오브라젠스끼 교수올시다. 아, 뾰뜨르 알렉산드로비
치? 당신과 통화가 되어 아주 기쁩니다. 고맙소, 잘 지내고 있소. 그
런데 뾰뜨르 알렉산드로비치, 당신의 수술이 취소되었소. 네? 아,
완전히 취소되었소. 다른 수술도 모두 취소되었단 말이오. 왜냐하
면 모스끄바에서, 아니 전반적으로 러시아에서 내가 활동을 중단

하기 때문이오. 지금 네명의 인물이 내 집에 들어와 있소. 그중 한 명은 남장을 한 여자고 두명은 권총을 찼는데, 내 아파트의 한 부분을 뺏어갈 목적으로 지금 이곳에서 폭력을 행사하고 있소."

"잠깐만요, 교수님."

시본제르의 얼굴색이 변하기 시작했다.

"미안합니다만…… 이자들이 한 말을 내가 모두 반복하지는 못하겠소. 원래 난 그런 엉터리 같은 말에 관심을 두는 사람이 아니오. 그들이 내게 진찰실을 내놓으라고 했다는 것, 달리 말해, 지금까지 토끼 배를 가르던 곳에서 당신을 수술할 수밖에 없는 상태로 나를 내몰았다는 것을 언급하는 것만으로도 충분할 거요. 이런 상황에서 나는 일을 할 수 없을뿐더러 그럴 권한도 없소. 그래서 나는 의료활동을 중단하고 아파트를 폐쇄한 후 쏘치로 떠나겠소. 열쇠는 시본제르에게 전해줄 수 있으니 수술은 그 사람이 하게 하시오."

순간 방문객 네명의 표정이 굳어졌다. 신고 있던 장화에서는 눈이 녹고 있었다.

"어떻게 할까요…… 내 기분이 몹시 상해서 말이오…… 어떻게요? 오, 안됩니다, 뾰뜨르 알렉산드로비치! 오, 안돼요. 그렇게는 더이상 동의할 수 없어요. 인내심에 한계가 왔단 말이오. 이게 8월 이후 벌써 두번째요. 어떻게요? 으음…… 편할 대로 하시오. 그렇게라도 해주신다면…… 하여간 조건은 딱 한가지뿐이오. 누구에 의해서든 언제든 무엇이든 상관없소. 하지만 시본제르나 다른 그 누구도 내 아파트 문 근처에 얼씬거리지도 못한다는 내용이 포함된 그런 서류가 있어야 합니다. 그런 결정적인 서류, 실제적인 서류, 진짜 서류 말이오! 그리고 앞으론 내 이름조차 거론되지 않기를 바랍니다. 물론이지요. 난 그런 사람들의 명단에 이미 없는 사람입니다. 네, 네, 그렇게 하지요. 누구하고요? 아하…… 그건 별개의 일이지요. 아하…… 좋습니다. 지금 바꿔드리겠소. 자, 전화를 받으시오."

필리쁘 필리뽀비치가 노회한 목소리로 시본제르에게 수화기를 건넸다.

"잠깐만요, 교수님."

얼굴빛이 붉으락푸르락하면서 시본제르가 말했다.

"당신은 우리 얘기를 곡해하고 있습니다."

"내게 그런 표현은 사용하지 마시오."

당황한 시본제르가 수화기를 받아들고 얘기했다.

"말씀하십시오. 네…… 주택관리위원회 위원장입니다…… 저희는 지금 규정에 따라 행하고 있습니다만…… 그럼 교수님은 완전히 예외적인 상황이라는 말씀이…… 저희도 그의 활동에 대해 알고 있습니다만…… 방 다섯개는 모두 드리려고 했습니다…… 네, 좋습니다…… 그러시다면…… 알겠습니다……"

얼굴이 완전히 빨개진 시본제르가 수화기를 내려놓고 돌아섰다.

'아주 제대로 망신을 시켰어! 그래, 진짜 사나이야!' 개가 감탄을 금치 못했다. '어떻게 이런 대화를 할 수 있는 걸까? 자, 이젠 날

때려도 좋아요, 원하는 대로 하세요. 그래도 난 여기서 나가지 않을 거예요.'

나머지 세명은 입을 다물지 못한 채로 모욕을 당한 시본제르를 쳐다보고 있었다.

"이런 치욕이 있나!"

시본제르가 기운 빠진 목소리로 중얼거렸다.

"지금 바로 토론을 벌인다면……"

흥분해서 볼이 빨갛게 달아오른 여성 동무가 말하기 시작했다.

"내가 뾰뜨르 알렉산드로비치에게 증거를 댈 수 있을 텐데……"

"실례하오만, 당신은 지금 당장 토론회를 원하는 건 아니겠지요?"

필리쁘 필리뽀비치가 정중하게 질문했다.

여성 동무의 눈이 불타오르기 시작했다.

"나는 당신이 우릴 비꼬고 있다는 걸 알고 있어요, 교수님. 우린 지금 가겠습니다…… 다만 내가 아파트 문화부장으로서……"

"여-성 문화부장이겠지요."

필리쁘 필리뽀비치가 성性을 바로잡았다.

"내가 당신께 제안하고 싶은 것은……"

여성 동무가 눈에 젖어서 축축하지만 그래도 겉표지가 반짝거리는 몇권의 잡지책을 품속에서 꺼냈다.

"독일 어린아이들을 위해 잡지책 몇권 사달라는 겁니다. 가격은 권당 50꼬뻬이까입니다."

"아니, 사지 않겠소."

필리쁘 필리뽀비치가 곁눈질로 잡지책을 힐끗 보고 나서 짧게 대답했다.

방문객들의 얼굴에 소스라치게 놀란 표정이 나타났다. 여성 동무의 얼굴이 검붉은색 그림자에 뒤덮였다.

"왜 거절하는 거죠?"

"원치 않기 때문이오."

"당신은 독일 어린아이들이 가엾지 않습니까?"

"가엾소."

"그럼 50꼬뻬이까가 아까운 겁니까?"

"아니요."

"그럼 이유가 뭐죠?"

"원치 않기 때문이오."

네 사람은 입을 다물었다.

"아시는지 모르겠지만, 교수님……"

무겁게 숨을 내쉰 후 여성 동무가 말했다.

"만약 당신이 유럽의 대大학자가 아니고 또 내가 확신하는 고위 간부께서 무척이나 화난 목소리로 당신 편만 들지 않았어도(이때 금발머리 사내가 그녀의 재킷 자락을 잡아당겼으나 그녀가 뿌리쳤다), 다시 설명합니다만, 당신은 체포됐을 겁니다."

"무슨 죄목으로 말이오?"

필리쁘 필리뽀비치가 호기심에 찬 표정으로 물었다.

"당신은 프롤레따리아를 증오하기 때문입니다."

여성 동무가 당당하게 말했다.

"그래요, 난 프롤레따리아를 좋아하지 않소."

필리쁘 필리뽀비치가 슬픈 어조로 동의하고는 누름단추를 눌렀다. 그러자 어디선가 벨 소리가 울리더니 복도로 이어지는 문이 열렸다.

"지나!"

필리쁘 필리뽀비치가 소리쳤다.

"식사를 다오. 그리고 신사 양반들, 당신들은 이제 그만 나가주겠소?"

네 사람은 아무 말 없이 집무실을 나와 계속 입을 다문 채 환자 대기실과 현관을 지나 밖으로 나갔다. 그들이 나간 뒤 아파트 출입문이 쾅 하고 닫히는 소리가 무겁게 울려왔다.

개가 뒷발을 딛고 일어나 필리쁘 필리뽀비치 앞에서 회교도가 기도할 때의 자세로 절을 했다.

3

매혹적인 컬러 무늬에 널찍한 검은테 장식을 두른 접시들 위에 얇게 썬 연어와 식초에 절인 장어가 놓여 있었다. 두꺼운 나무판 위엔 물방울이 묻은 치즈 조각이 놓여 있었고, 조그만 은제 통에는 생선알이 들어 있었는데, 통 가장자리에 눈이 녹지 않고 그대로 붙어 있었다. 접시들 사이로는 목이 가는 술잔 몇개와 여러가지 색깔의 보드까가 담긴 기다란 목의 크리스털병 세개가 놓여 있었다. 이모든 것들은 조그만 대리석 탁자 위에 놓여 있었는데, 탁자는 투명한 은색 불빛을 내뿜는 거대한 참나무 찬장 옆에 편안하게 위치하고 있었다. 방 한가운데에는 흰색 보를 씌운 육중한 식탁이 마치 능묘처럼 자리 잡고 있었고, 식탁 위에는 식기세트 두벌과 로마 황

제의 왕관 모양으로 말아놓은 냅킨, 그리고 검은색 병 세개가 놓여
있었다.

지나가 뚜껑이 덮인 은색 접시를 가지고 들어왔다. 접시 안에는
뭔가 끓고 있었다. 접시에서 나는 냄새가 얼마나 좋았던지 개의 입
이 희멀건 침으로 가득 찼다. '오, 이건 샤무라마트⁹ 정원이야!' 개
는 이렇게 생각하고 마치 지팡이로 치듯 꼬리로 바닥을 두드렸다.

"그걸 이쪽으로 가져오게."

식탐이 가득한 표정으로 필리쁘 필리쁘비치가 지시했다.

"닥터 보르멘딸리, 간곡히 요청컨대, 생선알은 건드리지 말고 그
냥 두게. 그리고 혹시 자네가 진심 어린 내 충고를 듣고 싶다면 말
이야, 영국산이 아닌 보통의 러시아 보드까를 따르도록 하게."

개에게 물렸던 미남자가―그는 이미 가운을 벗고 고상한 검은
색 양복을 입고 있었다―넓은 어깨를 흔들면서 자세를 바로잡은
후 가볍게 미소를 짓더니 색이 투명한 보드까를 따르기 시작했다.

"이건 노보블라고슬로벤나야 보드까인가요?"

그가 질문했다.

"어허, 이 사람……"

집주인이 바로 대답했다.

"이건 에틸알코올일세. 다리야 뻬뜨로브나가 보드까를 아주 잘

---

9 기원전 9세기 초 무렵 고대 아시리아를 통치한 전설 속의 여왕. 전설에 따르면,
그녀가 세계 7대 불가사의 중 하나인 '바빌론의 공중정원'을 만들었다고 한다.
다른 이름으로는 '세미라미스'가 있다.

만들지."

"그런 말씀 마세요, 필리쁘 필리뽀비치. 모두들 보드까는 30도짜리가 아주 좋은 거라고 믿고 있습니다."

"첫째, 보드까의 도수는 30도가 아니라 40도여야 하네."

필리쁘 필리뽀비치가 말을 가로채더니 훈시하듯 말했다.

"둘째, 사람들이 여기에 무얼 섞는지 아무도 모른다는 걸세. 과연 그들이 무슨 궁리를 하는지 자네가 말해줄 수 있겠나?"

"하고 싶은 대로 하겠지요."

의사가 확신에 차 대답했다.

"나도 같은 생각이네."

필리쁘 필리뽀비치가 이렇게 덧붙여 말하고는 작은 잔에 담긴 보드까를 목구멍에 툭 털어넣었다.

"음…… 닥터 보르멘딸리, 어서 한잔해보게. 만약 자네가 이 보드까가 어떻다느니 한다면…… 난 평생토록 자네와 불구대천의 원수가 될 걸세. '쎄비야에서 그라나다까지……'"

그는 이렇게 말한 뒤 물갈퀴 모양의 은제 포크를 들고 작은 흑빵처럼 생긴 뭔가를 찍어올렸다. 의사는 교수가 한 대로 보드까를 따라 마셨다. 필리쁘 필리뽀비치의 눈이 빛나기 시작했다.

"나쁜가?"

음식을 썹으면서 필리쁘 필리뽀비치가 물었다.

"나쁜가? 대답을 하게, 존경하는 의사 선생."

"기가 막히게 좋습니다."

의사가 솔직하게 대답했다.

"당연히 그래야지…… 기억해두게, 이반 아르놀리도비치. 차가운 전채前菜[10]와 수프를 먹는 사람은 아직 볼셰비끼들에 의해 처형되지 않은 지주들뿐이라는 걸. 그리고 조금이라도 자신을 존중하는 사람이라면 따뜻한 전채요리를 찾을 테지. 모스끄바의 따뜻한 전채요리 중에선 이게 최고야. 예전에 한때 '슬라뱐스끼 바자르' 레스토랑의 요리가 정말 끝내줬었지. (개에게) 자, 받아라."

"식당에서 개 먹이를 주시는군요."

여자 목소리가 들려왔다.

"그럼 나중에 흰 빵을 줘도 따라나오지 않는단 말예요."

"괜찮아. 불쌍한 녀석이 오랫동안 굶주려서 그런 거니까."

필리쁘 필리뽀비치가 포크 끝에 음식을 끼워 개에게 주었다. 개가 마치 요술을 부리듯 잽싸게 먹어치웠다. 그가 포크를 설거지통에 던지자 풍덩 하고 빠지는 소리가 났다.

잠시 후 접시에서 김이 모락모락 오르며 가재 냄새가 풍겨나왔다. 개는 식탁보가 만들어낸 그림자 밑에서 마치 화약창고 보초병처럼 앉아 있었다. 필리쁘 필리뽀비치가 빳빳한 냅킨 끝자락을 셔츠 깃 속으로 집어넣으며 설교 조로 말했다.

"음식이란, 이반 아르놀리도비치, 아주 묘하단 말이야. 그래서 먹는 법을 잘 알아야 하지. 한번 생각해보게, 대부분의 사람들은 먹

---

10 정식의 서양요리에서, 수프가 나오기 전에 식욕을 돋우기 위해 먹는 가벼운 요리. 또는 술안주로 먹는 간단한 요리.

는 법을 전혀 모르네. 그러니 무엇을 먹을지, 언제 어떻게 먹을지를 알아야 한단 말일세. (필리쁘 필리뽀비치가 의미심장하게 숟가락을 흔들었다.) 이 대목에서 무슨 얘기를 해줘야 하나? 그렇지. 만약 자네가 소화 문제에 대해 신경을 쓰고 있다면, 식사 도중에 볼셰비즘이나 의학에 대해서는 얘기하지 말라는 게 내 충고일세. 그리고 식사 전에는 쏘비에뜨 신문을 읽지 말게. 그럼 하느님께서 보호해주실 테니."

"으음…… 사실 다른 신문이 없잖습니까?"

"그러니 아무것도 읽지 말게. 자네도 알다시피, 내 클리닉에서 환자 서른명을 대상으로 임상실험을 했네. 그래, 어떻게 됐으리라 생각하나? 신문을 읽지 않은 환자들은 상태가 아주 좋아졌지. 하지만 내가 『쁘라우다』[11] 신문을 읽도록 시킨 환자들은 몸무게가 줄고 말았다네."

"흠……"

수프와 포도주로 인해 얼굴이 발그스름해진 의사가 흥미롭다는 반응을 나타냈다.

"그것만이 아니야. 무릎반사신경이 둔화되고 식욕이 떨어지며 우울증 증세가 생기게 되지."

"신문의 악영향이 정말 크군요……"

"그렇다네. 그런데 내가 지금 무슨 소릴 하고 있나? 나 스스로 의

---

11 쏘비에뜨 공산당 기관지명.

학에 대해 떠들고 있지 않는가 말이야."

필리쁘 필리쁘비치가 몸을 젖혀 벨을 누르자 두꺼운 암갈색 커튼 뒤에서 지나가 나타났다. 개는 희고 두툼한 철갑상어 살코기 한 점을 얻어먹었는데 마음에 들지 않았다. 그래서 곧바로 핏물이 뚝뚝 떨어지는 로스트비프 한 조각을 더 먹었다. 다 먹고 난 개는 갑자기 잠이 쏟아지면서 더이상 다른 음식을 쳐다볼 엄두가 나지 않음을 느꼈다. '참 이상한 느낌이군.' 개가 천근만근 무거워진 눈꺼풀을 아래로 떨어뜨리며 생각했다. '이제 내 눈은 어떤 음식도 볼 수 없겠군. 그런데 식후에 담배를 피우는 건 바보짓이야.'

식당이 푸른색의 불쾌한 연기로 가득 찼다. 개는 앞발 위에 머리를 대고 졸고 있었다.

"쌩쥘리앵은 정말 좋은 포도주야."

잠결에 이 말이 개의 귀에 들렸다.

"하지만 요즘은 이 포도주가 없다네."

그때 아파트 위쪽과 옆쪽 어딘가에서 공허한 합창 소리가 들려왔다. 노랫소리가 천장과 카펫에 먹혀서 크지는 않았다.

필리쁘 필리쁘비치가 벨을 누르자 지나가 들어왔다.

"지나, 이게 무슨 소리냐?"

"전체주민회의가 다시 열리나봐요, 필리쁘 필리쁘비치."

지나가 대답했다.

"또 회의를!"

필리쁘 필리쁘비치가 슬픈 어조로 외쳤다.

"기어이 터지고 말았군. 깔라부호프 아파트는 끝장이야. 어쩔 수 없이 여길 떠나야 해. 그런데 어디로 간단 말인가? 이제 모든 게 일사천리로 진행되겠군. 처음엔 밤마다 노랫소리가 들리고, 다음엔 화장실 변기가 얼어붙고, 그다음엔 증기난방장치의 보일러가 터지는 등 말이야. 깔라부호프 아파트는 끝장이야."

"속상하시겠어요, 필리쁘 필리뽀비치."

지나가 미소를 지으며 이렇게 말하고는 접시 더미를 들고 나갔다.

"당연하지. 어떻게 속이 상하지 않겠느냐?!"

필리쁘 필리뽀비치가 절규에 가까운 소리로 말했다.

"이 아파트가 어떤 아파트였는데…… 자넨 이해하겠지!"

"이 문제를 너무 비관적으로 보는 것 같습니다, 필리쁘 필리뽀비치."

개에게 물린 미남 의사가 반대 의견을 표명했다.

"그들은 요즘 급격히 변화하고 있습니다."

"자넨 내가 사실과 관찰에 근거해서 판단하는 사람이란 것을 알고 있지? 그렇지 않은가? 난 근거 없는 가설 따위는 절대 믿지 않아. 이는 러시아뿐만 아니라 유럽에서도 잘 알려져 있네. 만약 내가 무언가를 말한다면, 그건 말이야, 내가 결론을 도출해낸 어떤 사실이 그 바탕에 깔려 있다는 것을 의미하는 거야. 자, 자네에게 사실을 하나 말하지. 우리 아파트에는 외투걸이와 덧신을 놓는 선반이 있었네."

"흥미로운 얘기군요……"

'덧신 따윈 쓸데없는 얘기야. 행복이 덧신 속에 있는 게 아니잖아.' 개가 생각했다. '하지만 이 양반은 정말 탁월한 인물이야.'

"덧신을 놓는 선반만 해도 그렇지. 난 1903년부터 이 아파트에 살고 있네. 그때부터 1917년 3월까지 세월이 흐르는 동안 한번도 이런 경우는 없었다네. 내가 재차 강조하네만, 모두가 드나드는 아래쪽 아파트 현관의 공용 출입문이 열려 있어도 덧신 한 짝 사라지는 일이 단 한번도 없었단 말일세. 기억해두게. 이 건물엔 아파트가 열두채 있고, 내 아파트엔 환자 대기실이 있지. 그런데 1917년 3월 어느 멋진 날에 덧신이 모두 사라져버렸네. 내 덧신 두켤레와 지팡이 세개, 외투, 그리고 경비원에게 맡겨놓은 싸모바르까지 포함해서 말이야. 그날 이후로 덧신을 놓는 선반은 그 존재가 사라지고 말았지. 이보게! 난 이제 증기난방장치에 대해서는 말하고 싶지도 않네. 정말 말하고 싶지 않아. 일단 사회주의혁명이 일어났으니 난방 따위는 할 필요가 없다고 치세. 하지만 난 묻고 싶네. 왜, 언제부터 이 모든 사건이 시작되었는지, 그리고 언제부터 모든 사람들이 더러운 덧신이나 펠트 장화를 신고 대리석 계단을 오르내리게 되었는지 말일세. 어째서 지금까지도 덧신을 자물쇠로 채워놓아야 하는가? 게다가 왜 아무도 훔쳐가지 못하게 보초병까지 세워놓아야 하느냔 말이야? 또 정문 계단에 있던 카펫은 왜 훔쳐간 건가? 카를 맑스가 계단에 카펫을 두지 못하도록 금지라도 시켰단 말인가? 과연 카를 맑스의 책 어딘가에 쁘레치스쩬까 거리의 깔라부호프 아파트 두번째 출입구를 널빤지로 틀어막고 뒷마당으로 돌아다녀야 한다고 쓰인 곳이 있단 말인가? 도대체 누구에게 이런 일이 필요한가? 왜 프롤레따리아들은 덧신을 아래층에 두지 못하고 대리석 계단을 더럽힌단 말인가?"

"사실 그자들에게는 원래 덧신이란 게 없었습니다, 필리쁘 필리쁘비치."

몸을 뒤로 젖히며 의사가 말했다.

"전혀 그렇지 않아!"

필리쁘 필리쁘비치가 우레와 같은 목소리로 대답하고 술잔에 포도주를 따랐다.

"으음…… 식후에 난 리큐어를 마시지 않네. 리큐어는 간을 붓게 하고 나쁜 영향을 미치지…… 그런데, 자네 말은 옳지 않네! 지금 그자들에겐 덧신이 있고, 그리고 그 덧신은…… 내 덧신일세! 1917년 봄에 사라진 바로 그 덧신이란 말이야. 어디 한번 물어보세. 덧신을 훔친 것이 누군가? 나? 그건 있을 수 없는 일이지. 그럼, 부르주아 싸블린? (필리쁘 필리쁘비치가 손가락으로 천장을 가리켰다.) 그런 생각조차 우습군. 그럼 설탕공장주 뽈로조프? (필리쁘 필리쁘비치가 옆집을 가리켰다.) 절대 그럴 리가 없지! 이건 모두 계단에서 벌어진 일이란 말이야! (필리쁘 필리쁘비치의 얼굴이 붉어지기 시작했다.) 도대체 무슨 까닭으로 층계참의 꽃들을 가져가 버린 건가? 게다가 지난 20년 동안 겨우 두번 정도나 꺼졌을까 싶은 전깃불이 어째서 요즘에는 정확히 한달에 한번씩 꺼지는 건가? 닥터 보르멘딸리, 통계란 참으로 몹쓸 학문이야. 자넨 나의 최근 연구를 잘 알고 있기 때문에 이것에 대해 다른 누구보다도 잘 알고 있을 걸세."

"이건 붕괴입니다. 필리쁘 필리뽀비치."

"아닐세."

필리쁘 필리뽀비치가 아주 확실한 어조로 반박했다.

"아니야. 친애하는 이반 아르놀리도비치, 먼저 자네부터 그런 단어의 사용을 자제해주게. 이건 신기루와 같은 환영이고 연기이며 허구란 말이야."

필리쁘 필리뽀비치가 짧은 손가락을 넓게 펴자 거북이 모양의 그림자 두개가 생기더니 식탁보 위를 움죽거리며 돌아다녔다.

"자네가 말하는 붕괴란 무엇인가? 지팡이를 타고 다니는 노파인가? 모든 유리를 죄다 부숴버리고 램프 불을 몽땅 꺼버린 그 마녀를 말하는 건가? 마녀란 이제 존재하지 않아. 자넨 그 단어로 무얼 말하려는 것인가?"

필리쁘 필리뽀비치가 찬장 옆에 거꾸로 매달려 있는 불쌍한 종이오리 근처에 서서 격분한 목소리로 질문을 던지고는 자신이 직접 그 질문에 답을 했다.

"이건 바로 이런 말이네. 만약 내가 매일 저녁에 수술을 하는 대신 아파트에서 합창을 하기 시작한다면, 내게 붕괴가 시작된 것이야. 만약 내가 화장실에 들어가서, 이런 표현을 써서 미안하네만, 변기 바깥에다 방뇨를 하기 시작하고 다리야 뻬뜨로브나와 지나도 같은 짓을 하게 된다면, 이것이 바로 화장실에서 붕괴가 시작되는 것일세. 따라서 붕괴는 화장실에 있는 것이 아니라 바로 머릿속에 있는 것이지. 요컨대 이 바리톤의 목소리들이 '붕괴를 때려부숴라!' 하고 외치고 다닐 때 난 그저 웃을 뿐이네. (의사가 입을 딱 벌릴 정도로 필리쁘 필리뽀비치의 얼굴이 심하게 일그러졌다.) 자네에게 맹세컨대, 내겐 우스울 따름이야! 내가 하고 싶은 말은, 그들 각자가 먼저 자신의 뒤통수를 후려쳐야 한다는 것일세! 그래서 자기 자신으로부터 모든 착각들을 떨쳐내고 원래 자신의 일로 되돌아가 헛간 청소부터 하게 된다면 붕괴는 저절로 사라지게 되는 것이지. 한번에 두 신神을 섬길 수는 없는 법이야! 전차 선로를 청소하면서 동시에 에스빠냐 부랑자들의 운명을 개선하는 것은 불가능한 일이지! 의사 선생, 이건 누구도 성공하지 못할 일이네. 게다가 유럽인들보다 발전이 200년이나 뒤처진데다 아직도 바지 단추조차 제대로 채우지 못하는 사람들에게는 말이야!"

필리쁘 필리뽀비치가 흥분하기 시작했다. 매부리코 콧구멍이 부풀어올랐다. 배불리 먹은 힘까지 한껏 모아 마치 고대 선지자처럼 쩌렁쩌렁 울리는 목소리로 말했다. 머리가 은빛으로 반짝거렸다.

공허한 땅울림소리를 닮은 그의 말소리가 잠에 빠져 있는 개를 덮쳐왔다. 꿈속 환영에서 바보 같은 노란색 눈의 부엉이가 튀어나오는가 하면, 흰색의 더러운 원추형 모자를 쓴 요리사의 추악한 낯짝이 보이기도 하고, 램프 갓에서 나오는 강렬한 불빛에 비치는 필리쁘 필리뽀비치의 위풍당당한 콧수염이 보이기도 하고, 꿈속의 썰매가 삐걱삐걱 소리를 내면서 어디론가 사라져버리기도 하는 것이었다. 개의 배 속에는 잘게 찢긴 로스트비프 한 조각이 위액 속을 헤엄치며 부글부글 끓고 있었다.

'이 양반은 집회에서 연설을 해도 돈을 벌겠어.' 몽롱한 상태에서 개가 기대 섞인 상상을 했다. '일류 사업가가 될 거야. 그러면 돈이 엄청 많아지겠지. 아마 닭이 쪼아먹어도 남을 만큼일 거야.'

"경찰!"

필리쁘 필리뽀비치가 소리쳤다.

"경찰!"

'우구-구-구!' 개의 머릿속에서 기포들이 터졌다.

"경찰! 경찰은 경찰다워야지. 그가 번쩍거리는 배지를 달건 빨간색 께삐 모자를 쓰건 그런 것은 전혀 중요치 않아. 그저 모든 사람들 옆에 경찰을 한명씩 세워놓고 그 경찰더러 노래하려는 사람들의 충동을 억누르도록 시켜야 해. 자네는 붕괴라는 표현을 썼네. 의사 선생, 자네에게 말해주지. 그 어떤 것도 우리 아파트에서 더 좋아지는 쪽으로 변하지는 않을 걸세. 합창을 하고 있는 저 가수들을 제압하기 전까진 다른 모든 아파트도 마찬가지야! 저들이 연주회를 멈추기만 한다면 상황은 저절로 나아진단 말일세."

"반혁명적인 말씀을 하시는군요! 필리쁘 필리뽀비치."

의사가 농담조로 말했다.

"누가 교수님의 얘기를 엿듣지나 말아야 할 텐데요."

"전혀 위험할 게 없어."

필리쁘 필리뽀비치가 강하게 반박했다.

"반혁명적인 것은 아무것도 없어. 게다가 나는 이 단어를 정말 참을 수가 없네. 사람들은 이 단어 속에 숨겨진 뜻이 뭔지 절대로 알지 못해. 빌어먹을! 그래서 나는 얘기하겠네. 내 말 속에 반혁명적인 것은 아무것도 없으며, 오히려 상식과 삶의 경험이 들어 있다고 말이야."

이 대목에서 필리쁘 필리뽀비치는 접힌 채로 반짝거리는 냅킨 끝자락을 셔츠 깃 속에서 빼내어 쭈글쭈글하게 구긴 후 마시다 남은 포도주 잔 옆에 내려놓았다. 그때 의사가 자리에서 일어나 '메르시'(Merci)[12]라며 감사를 표했다.

"잠깐만, 의사 선생!"

필리쁘 필리뽀비치가 바지 주머니에서 돈을 꺼내며 그를 멈춰 세웠다. 그가 실눈을 뜨고 흰색 지폐를 센 후 의사에게 내밀면서 이렇게 말했다.

"이반 아르놀리도비치, 오늘 자네에게 40루블을 지급하네. 자, 받게."

개에게 물려 고통을 겪은 의사가 공손하게 사의를 표하고는 얼굴을 붉히며 양복 주머니에 돈을 넣었다.

"오늘 저녁에는 제가 필요치 않으십니까, 필리쁘 필리뽀비치?"

그가 물었다.

"괜찮아. 자네에게 감사하네. 오늘은 우리 쉬도록 하세. 첫째, 토

---

12 프랑스어로 '감사하다'는 뜻.

끼가 죽은데다, 둘째, 오늘 볼쇼이 극장에서 『아이다』 공연이 있네. 한참 못 보았지. 정말 좋아하는데 말이야…… 자네, 기억하는가? 듀엣으로 하는…… 따리-라-림……"

"어떻게 이 모든 것을 제시간에 맞춰 하시나요, 필리쁘 필리뽀비치?"

의사가 존경스럽다는 듯이 물었다.

"어딜 가더라도 서두르지 않는 사람은 제시간에 맞추는 법이라네."

교수가 설교하듯이 말했다.

"물론 직접적인 내 업무를 보는 대신에 내가 이런저런 회의에나 뛰어다니고 꾀꼬리처럼 하루 종일 노래나 부른다면 어느 곳에도 제시간에 맞추진 못하겠지."

그때 주머니 속에 들어 있던 필리쁘 필리뽀비치의 손가락 밑에서 시간을 알리는 음악 소리가 매혹적으로 울리기 시작했다.

"9시에 시작이니까…… 2막 시작 무렵엔 도착해야겠군…… 나는 분업을 지지하는 사람일세. 볼쇼이 극장에서는 노래를 부르고, 나는 수술을 하는 것이지. 아주 좋아. 어떤 붕괴도 없잖은가…… 참, 이반 아르놀리도비치, 자넨 모든 것을 신중하게 지켜보기 바라네. 금방 죽은 사체가 생기면 바로 영양수액을 공급하고 즉시 내게 데려오게!"

"걱정하지 마세요, 필리쁘 필리뽀비치. 병리해부학자들이 이미 약속했습니다."

"아주 좋아. 그럼 그동안 우리는 거리에서 데려온 이 신경쇠약증 환자나 관찰하세. 이 녀석 옆구리 상처가 아물기를 바라면서 말이야."

'내 걱정을 하는 모양이군.' 개가 생각했다. '정말 좋은 양반이야. 난 그가 누군지 알아. 그는 개의 이야기에 나오는 마법사, 마술사, 요술쟁이야…… 설마 이 모든 것이 꿈은 아니겠지. 하지만 갑자기 이게 꿈이라면? (개가 꿈속에서 몸을 떨었다.) 잠에서 깨면…… 아무것도 없겠지. 명주 갓을 씌운 램프나 따뜻함이나 배부름도. 그러곤 다시 시작되겠지. 개구멍, 지독한 추위, 얼어붙은 아스팔트, 굶주림, 화난 인간들…… 식당, 눈…… 오, 하느님, 얼마나 고통스러울까……!'

하지만 아무 일도 일어나지 않았다. 마치 악몽 같았던 바로 그 개구멍이 사라지더니 더이상 나타나지 않았다.

아마도 그 붕괴라는 것이 그렇게 무서운 건 아닌 모양이다. 붕괴에도 불구하고 창문턱 밑의 회색 아코디언들은 하루 두번씩 뜨거운 열기로 가득 찼고, 따뜻한 공기가 아파트 전체에 파도처럼 퍼져나갔다.

모든 것이 확실해졌다. 개는 가장 중요한 제비뽑기에서 성공한 것이다. 그의 눈은 하루 두번 이상 쁘레치스쩬까 거리의 현자賢者인 교수에게 바치는 눈물로 가득 찼다. 뿐만 아니라 응접실 겸 환자대기실 안의 장식장들 사이에 있는 모든 거울이 잘생긴 행운의 개를 비추고 있었다.

'난 잘생겼단 말이야. 어쩌면 세상에 알려지지 않은 익명의 개-황태자인지도 몰라.' 개가 거울 속 저만치에서 만족스러운 낯짝을 하고 어슬렁거리는 커피색의 털북숭이 개를 쳐다보며 생각에 잠겼다. '내 할머니가 뉴펀들랜드산 개와 눈이 맞았을 가능성도 충분해. 이렇게 보면 내 얼굴엔 하얀 반점이 있어. 만약 아니라면 이 반점은 어디서 생긴 거지? 게다가 필리쁘 필리뽀비치는 취향이 대단해서 처음 본 떠돌이 개를 그냥 집으로 데려올 양반은 아니란 말이야.'

개는 단 일주일 만에 지난 달포 동안 거리에서 굶주리며 먹었던 양만큼을 먹어치웠다. 물론 무게로만 따져서 그렇다는 것이다. 필리쁘 필리뽀비치의 아파트에서 음식의 질에 대한 언급은 할 필요가 없었다. 매일같이 다리야 뻬뜨로브나가 스몰렌스끄 시장에서 18꼬뻬이까를 주고 잘게 자른 고기 더미를 사오는 것은 그렇다 치고, 식당에서의 저녁 7시 식사를 떠올리는 것만으로도 충분했다. 우아하게 생긴 지나의 강력한 반대에도 불구하고 개는 저녁식사 자리에 항상 함께 있었다. 그리고 식사가 진행되는 동안 마침내 필리쁘 필리뽀비치는 신神의 칭호를 얻었다. 개는 뒷발로 일어서서 주인의 양복 상의를 물기도 했고, 짧게 두번 연속해서 울리는 주인의 벨 소리를 잘 익혀두었다가 벨이 울리면 멍멍 짖으며 재빨리 현관으로 마중을 나가기도 했다.

한번은 암갈색 여우 모피외투를 입은 주인 나리가 옷 위에 수북이 내려앉은 눈을 반짝이며 집 안으로 들어섰다. 그에게서 귤, 담배, 향수, 레몬, 자동차 오일, 오드꼴로뉴, 양복지 냄새가 풍겼고, 목소리는 마치 군대 나팔 소리처럼 온 아파트에 쩌렁쩌렁 울렸다.

"이 돼지 녀석, 부엉이는 왜 물어뜯은 거야? 부엉이가 널 방해라도 한 거야? 그런 거야? 내가 묻잖니? 그리고 메치니꼬프 교수의 초상화는 왜 망가뜨린 거야?"

"필리쁘 필리쁘비치, 이 녀석은 채찍으로 한번 마구 때려줘야 해요."

지나가 격분해서 말했다.

"안 그러면 버릇이 아주 나빠져요. 보세요, 교수님 덧신을 어떻게 해놨는지."

"그 누구도 때려서는 안된다."

필리쁘 필리쁘비치가 흥분해서 말했다.

"이것만은 영원히 기억해두어라. 인간이든 동물이든 오로지 훈계로 대해야 한다는 것을. 그래, 오늘 이 녀석에게 고기는 주었느냐?"

"오, 하느님, 개가 집 안에 있는 음식을 몽땅 먹어버렸어요. 무슨 질문을 하시는 거예요, 필리쁘 필리쁘비치? 저 녀석 배가 터지지 않는 게 놀라울 따름이에요."

"그럼, 그냥 먹도록 놔두어라…… 그런데 이 나쁜 녀석, 부엉이가 네게 무슨 방해라도 됐단 말이냐?"

"우--우!"

아첨꾼 개가 구슬프게 울더니 다리를 들어올리며 아양을 떨었다.

잠시 후에 목덜미를 잡힌 개가 시끄러운 소리를 내면서 환자대기실을 지나 집무실로 끌려갔다. 멍멍 짖고 으르렁대면서 카펫에 착 달라붙는 바람에 마치 써커스에서 보는 것처럼 엉덩이로 미끄럼을 타듯이 끌려갔다. 집무실 한가운데 카펫 위에 배가 뜯긴 유리눈의 부엉이가 누워 있었다. 뜯긴 배에는 나프탈렌 냄새를 풍기는 빨간 천 조각들이 삐져나와 있고, 책상 위엔 완전히 박살난 초상화가 뒹굴고 있었다.

"교수님께 보이려고 일부러 안 치웠어요."

마음이 상한 지나가 자초지종을 설명했다.

"이 못된 녀석이 책상 위로 훌쩍 뛰어오르더니 부엉이 꼬리를 물어뜯지 뭐예요! 제가 정신을 차리기도 전에 이미 갈가리 찢어놓았어요. 이 녀석 낯짝을 부엉이 앞에 바짝 들이밀어 얼마나 망가뜨려놓았는지 직접 보게 해주세요, 필리쁘 필리뽀비치."

곧 개 짖는 소리가 시작됐다. 망가뜨린 부엉이를 직접 보게 하려고 카펫에 착 달라붙은 개를 강제로 잡아끌었다. 그러자 개가 애처롭게 눈물을 흘리며 이렇게 생각했다. '절 때리세요. 다만 아파트에서 내쫓지만 말아주세요.'

"부엉이는 오늘 당장 박제상에 보내도록 해라. 그리고 8루블 16꼬뻬이까를 줄 테니 뮤르 상점에 가서 쇠사슬로 된 개목걸이를 사오너라."

다음 날 샤리끄의 목에 크고 번쩍이는 개목걸이가 채워졌다. 개는 거울에 비친 자신의 모습을 처음 본 순간 크게 실망하여 꼬리를 축 늘어뜨리고는 어떻게 하면 트렁크나 상자에 부딪쳐 개목걸이를 벗겨낼까 궁리하며 욕실로 갔다. 그러나 곧바로 자신의 생각이 어리석었다는 것을 깨달았다. 지나가 개에 사슬을 채워 오부호프 골목으로 산책을 나갔을 때였다. 처음에 개는 수치심에 사로잡혀 마치 죄수처럼 힘없이 걸었다. 그러나 쁘레치스쩬까 거리의 그리스도 성당에 다다를 무렵에는 그의 삶에서 이 개목걸이의 의미가 아주 좋은 쪽으로 바뀌었다. 길에서 만난 모든 개들이 엄청난 시기의 눈빛을 드러냈으며, 묘르뜨브이 골목에서는 꼬리 잘린 떠돌이 개가 그에게 '귀족 지주의 상놈'이니 '종놈'이니 하며 욕설을 퍼부었던 것이다. 전찻길을 건널 때는 경찰이 개목걸이를 보고 만족과 존경의 눈빛을 보였으며, 아파트로 돌아올 때는 살면서 한번도 본 적이 없는 일이 일어났다. 수위 표도르가 자기 손으로 직접 아파트 출입문을 열어 샤리끄를 통과시켜주면서 지나에게 이렇게 말하는 것이었다.

"아니, 필리쁘 필리뽀비치께서 멋진 털북숭이 개를 키우시는군요. 살이 아주 통통하게 올랐네요."

"그럼요. 6인분을 먹어치운다니까요."

추위에 볼이 빨개진 아름다운 지나가 분명한 소리로 말했다.

'개목걸이가 신사용 서류가방과 같군그래.' 개가 속으로 빈정거리고는 마치 주인 나리라도 되는 듯이 궁둥이를 흔들며 2층으로 올라갔다.

개목걸이의 가치를 알게 된 샤리끄는 지금까지 자신에게 출입이 엄격하게 금지되었던 천국의 주요 공간, 바로 요리사 다리야 뻬뜨로브나의 왕국을 처음으로 방문했다. 두 뼘도 안되는 다리야의 왕국이 샤리끄에겐 아파트 전체보다 소중한 곳이었다. 위쪽에 타일을 붙인 시꺼먼 주방 화로에서는 툭툭 튀는 소리를 내며 맹렬한 불길이 온종일 타올랐다. 뻬치까 속의 빵 굽는 오븐에서는 딱딱거리는 소리가 났다. 다리야 뻬뜨로브나의 얼굴은 적자색의 불기둥 속에서 끊임없이 계속되는 뜨거운 열기의 고통과 채워지지 않는 열정으로 활활 타올랐다. 얼굴은 기름기가 번지르르하면서 반짝반짝 윤이 났다. 그녀는 밝은색 머리카락을 땋아서 귀 위로 틀어올린 최신 헤어스타일을 하고 있었으며, 뒤통수엔 스물두개의 인조 다이아가 빛나고 있었다. 벽에 박혀 있는 갈고리못에는 금색 냄비들이 걸려 있었고, 부엌 안은 온통 냄새로 넘쳐났으며, 뚜껑이 덮인 그릇들 속에서는 뭔가 쉭쉭 소리를 내며 끓고 있었다……

"저리 가!"

다리야 뻬뜨로브나가 소리쳤다.

"저리 가, 이 떠돌이 소매치기 녀석아! 이곳에 넌 필요 없어! 부지깽이로 이놈을 그냥!"

'당신 왜 이래요? 뭐라고 떠드는 거죠?' 개가 아양을 떠는 듯이 눈을 가늘게 떴다. '내가 소매치기라뇨? 이 개목걸이가 정말 당신 눈엔 안 보이나요?' 개가 옆으로 슬금슬금 기어서 부엌문 쪽으로 가더니 바깥으로 머리를 내밀었다.

샤리끄는 사람들의 마음을 끄는 자기만의 어떤 비밀을 가지고 있었다. 이틀이 지나자 샤리끄는 이미 다리야 뻬뜨로브나 곁의 부엌 구석에 누워서 그녀가 일하는 모습을 쳐다보고 있었다. 그녀는 폭이 좁고 날카로운 칼로 힘없이 늘어진 들꿩의 머리와 발을 잘랐다. 그러고는 마치 격분한 사형집행인처럼 뼈에서 살을 발라냈다. 그다음엔 내장을 파내더니 고기 다지는 기계에 뭔가를 넣고 돌렸다. 이때 샤리끄는 들꿩의 머리를 잡아뜯고 있었다. 다리야 뻬뜨로브나는 우유가 담긴 접시에서 통통 불은 흰 빵 조각들을 건져내어 도마 위에 올려놓고 묽은 고기죽과 같이 섞었다. 그런 다음에 크림을 넣고 소금을 뿌린 후 반죽을 하여 커틀릿을 만들었다. 주방 화로에서는 마치 불이 났을 때처럼 낮고 둔탁한 소리가 났고, 프라이팬에서는 뭔가 지글지글 끓고 거품이 생기고 탁탁 소리를 내며 튀어올랐다. 쾅 소리를 내면서 뻬치까 뚜껑이 튀어오르자 활활 타오르는 불길이 뻬치까 바깥으로 솟구쳐오르는 아주 무서운 지옥의 광경이 연출되었다.

저녁이 되자 뻬치까 아궁이 속에 불이 꺼졌다. 부엌 창문을 반쯤 가린 흰 커튼 위로 짙게 드리워진 쁘레치스쪤까의 장엄한 밤하늘에 외로운 별 하나가 홀로 빛나고 있었다. 부엌 바닥엔 습기가 차 있었고, 냄비들은 은밀하면서도 흐릿하게 빛을 발했으며, 식탁 위에는 소방관 모자가 놓여 있었다. 샤리끄는 대문을 지키는 사자처럼 따뜻한 주방 화로 위에 편안하게 누워 있었다. 그는 호기심에 한쪽 귀를 쫑긋 세우고 반쯤 열린, 지나와 다리야 뻬뜨로브나의 방문 뒤편에서 커다란 가죽혁대를 찬 검은 콧수염의 사내가 다리야 뻬뜨로브나를 포옹하는 것을 지켜보았다. 죽은 사람처럼 분칠이 된 코를 제외한 그녀의 얼굴 전체가 고통과 열정으로 인해 뜨겁게 타올랐다. 문틈 사이로 새는 불빛이 검은 콧수염 사내의 상반신을 비추었는데, 그의 몸에 부활절 장미꽃 장식이 대롱대롱 매달려 있었다.

"악마처럼 귀찮게 하는군요."

어스름 속에서 다리야 뻬뜨로브나가 속삭였다.

"떨어져요! 곧 지나가 와요. 그런데 당신, 젊어지는 처방을 받은 거예요?"

"우린 그런 것이 필요 없잖소."

검은 콧수염의 사내가 감정을 간신히 억누르며 쉰 목소리로 대답했다.

"당신은 정말 뜨거운 여자야!"

쁘레치스젠까 밤하늘의 외로운 별이 밤마다 두꺼운 커튼 뒤로 몸을 숨겼다. 볼쇼이 극장의 『아이다』 공연이나 전소러시아 외과의 사협회 회의가 없는 날이면 우리의 신께서는 집무실의 커다란 안락의자에 몸을 맡겼다. 천장 램프는 꺼져 있고 책상 위의 녹색 램프만이 타오르고 있었다. 카펫에 생긴 그림자 위에 누운 채 눈을 떼지 않고 있던 샤리끄가 무서운 광경을 목격했다. 유리 용기의 흐릿하고 걸쭉한 가성 액체 속에 인간의 뇌가 놓여 있었다. 팔꿈치까지 걷어올린 신의 손은 적황색 고무장갑을 끼고 있었고, 미끈거리는 뭉툭한 손가락들은 돌돌 말린 채 꼼지락거리고 있었다. 이따금

씩 그는 반짝거리는 작은 칼을 들고 탄력이 있는 노란색의 뇌를 조용히 잘랐다.

"나일 강의 신성한 강변을 향하여……"

신께서 입술을 깨문 채 볼쇼이 극장의 황금빛 내부 장식을 회상하며 조용한 목소리로 노래를 불렀다.

이때 보일러 관이 데워져서 최대 온도까지 올라갔다. 보일러 관에서 나온 열기는 먼저 천장을 향해 올라갔다가 다시 내려오면서 방 전체로 퍼져나갔다. 개의 털 속엔 필리쁘 필리쁘비치의 빗질에도 떨어지지 않았던 마지막 벼룩 한마리가 살아 있었으나 이미 그 운명은 정해져 있었다. 카펫은 아파트에서 나는 소리를 줄여주었다. 잠시 후 바깥 출입문 여닫는 소리가 멀찌감치 들려왔다.

'지나가 영화관에 가는군.' 개가 생각했다. '그녀가 돌아와야 저녁을 먹겠지. 내 생각에 오늘 메뉴는 송아지 고기로 만든 커틀릿일 거야.'

생각하기조차 무서운 그날 아침부터 이상한 예감이 샤리끄를 찌르듯이 자극했다. 그로 인해 샤리끄는 갑자기 울적해졌고, 아무런 식욕도 없이 귀리죽 반 그릇과 어제 남은 양고기 뼈를 아침밥으로 먹었다. 그가 적적한 마음으로 환자대기실을 지나다가 그곳 거울에 비친 자신의 모습을 보고 가볍게 으르렁거렸다. 그러나 지나가 샤리끄를 데리고 가로수 길에 산책을 다녀온 뒤인 오후부터는 하루가 평상시처럼 흘러가고 있었다. 오늘은 환자 진료가 없는 날이다. 왜냐하면, 잘 알려진 대로, 화요일에는 환자를 받지 않기 때문이다. 우리의 신께서는 여러가지 색깔로 그림이 그려진 두툼한 책들을 책상 위에 펼쳐놓고 집무실에 앉아 있었다. 식사가 기다려졌다. 샤리끄는 오늘 식사의 두번째 메뉴가 칠면조라는 생각에 다소생기를 되찾았다. 그 자신이 부엌에서 보아 이미 정확히 알고 있었다. 샤리끄는 복도를 지나다가 필리쁘 필리뽀비치의 집무실에서갑자기 전화벨 소리가 불쾌하게 울리는 것을 들었다. 필리쁘 필리뽀비치가 수화기를 들고 잠시 듣더니 갑자기 흥분하기 시작했다.

"아주 좋아."

그의 목소리가 들렸다.

"지금 바로 가져오게, 지금 바로!"

갑자기 분주해진 그가 방금 전에 돌아온 지나에게 벨을 눌러 즉시 식사를 대령하라고 지시했다.

"식사! 식사! 식사!"

곧 식당에서는 그릇 부딪히는 소리가 나고, 지나가 이리저리 뛰어다니기 시작했다. 부엌에서는 다리야 뻬뜨로브나가 아직 칠면조요리가 준비되지 않았다고 투덜거리는 소리가 들렸다. 개는 다시흥분하기 시작했다.

'난 아파트에서의 무질서를 좋아하지 않아.' 샤리끄가 생각했다. 그런데 샤리끄가 이런 생각을 하자마자 이 무질서는 더욱 불쾌한상황으로 전개되었다. 이것은 무엇보다도 언젠가 샤리끄에게 물린 적이 있는 닥터 보르멘딸리의 등장 때문이었다. 그는 뭔가 역한 냄새를 풍기는 커다란 트렁크를 가지고 들어오더니 옷도 벗지 않은 채 복도를 지나 곧장 진찰실로 뛰어들어갔다. 필리쁘 필리뽀비치가 다 마시지도 않은 커피를 내팽개치고 보르멘딸리를 맞이하러 뛰쳐나왔다. 지금까지는 그가 커피를 다 마시지 않고 일어서거나 보르멘딸리를 맞이하러 뛰쳐나오는 일은 결코 없던 일이었다.

"언제 사망했는가?"

그가 소리치며 물었다.

"세시간 전입니다."

눈이 묻은 털모자도 벗지 않은 채 트렁크를 열면서 보르멘딸리가 대답했다.

'대체 누가 죽은 거야?' 개가 낯짝을 찌푸리고 언짢아하면서 사람들의 발밑을 얼쩡거렸다. '이번에 건드리면 가만있지 않을 거야.'

"발밑에서 얼쩡거리지 말고 저리 나가! 빨리, 빨리, 빨리!"

필리쁘 필리뽀비치가 사방으로 소리를 지르면서 마구 벨을 눌러댔다. 곧 지나가 달려왔다.

"지나! 전화는 다리야 뻬뜨로브나에게 맡기고, 환자는 아무도 받지 말라고 해라! 그리고 넌 나를 도와다오. 닥터 보르멘딸리, 제발 부탁이네, 빨리, 빨리, 빨리!"

'마음에 안 들어, 정말 마음에 안 들어.' 마음이 상한 샤리끄가 낯짝을 잔뜩 찌푸린 채 방 안을 어슬렁거렸다. 이 모든 소동은 진찰실에 집중되어 있었다. 지나가 수의壽衣 비슷한 하얀 가운을 입고 진찰실에서 부엌으로, 다시 진찰실로 뛰어다니기 시작했다.

'뭔지 모르겠지만 가서 그냥 먹어버릴까? 이 양반들이야 될 대로 되라지.' 샤리끄가 이런 생각을 굳히려는 순간 갑자기 뜻밖의 소리가 들려왔다.

"샤리끄에게 아무것도 주면 안돼."

쩌렁쩌렁 울리는 명령 소리가 진찰실에서 울려나왔다.

"어찌하고 있는지 잘 감시해."

"아예 가둬놔."

그래서 샤리끄는 유인되어 욕실에 감금당했다.

'정말 치사하군.' 샤리끄가 어두컴컴한 욕실 속에 앉아서 생각했다. '이렇게 바보 같은 짓을……'

약 15분 정도 욕실에 있는 동안 샤리끄는 몹시 화가 나거나 아니면 무거운 절망감에 빠지는 등 이상한 기분에 휩싸였다. 모든 것이 지루하고 불분명했다……

'그래, 좋아요. 존경하는 필리쁘 필리뽀비치, 당신은 내일 덧신을 사야 할 겁니다. 이미 두 짝은 사지 않으면 안되는데다 이제 한 짝을 더 사야 할 겁니다. 다시는 개를 가둬두지 못하게 죄다 물어뜯어버릴 테니까요.' 샤리끄가 생각했다.

그런데 섭섭하고 분한 생각이 불현듯이 사라져버렸다. 갑자기 예전 젊었던 시절의 기억이 선명하게 떠오르는 것이었다. 쁘레오브라젠스끼 교수 아파트의 초소 근처에 땡볕이 내리쬐는 끝없이 넓은 마당, 버려진 병 속에 비치는 태양의 파편들, 깨진 벽돌, 제멋

대로 돌아다니는 부랑견들……

'안돼. 이제 어떤 자유를 준대도 여기서 떠나지 않을 거야. 속마음을 감출 이유가 없어.' 샤리끄가 코로 숨을 세게 내쉬면서 우수에 잠겼다. '이미 이곳에 익숙해졌어. 이제 난 지주 귀족의 개야. 지식계급에 속하는 존재지. 이곳에서 이미 더 나은 삶을 보았어. 그래, 그 자유란 게 대체 뭐냔 말이야? 그건 연기, 환상, 허구에 지나지 않아…… 불운한 민주주의자들이 지껄이는 헛소리일 뿐……'

잠시 후 샤리끄는 어두컴컴한 욕실이 무섭게 느껴져 울부짖기 시작했다. 그러고는 욕실 문에 몸을 부딪치면서 마구 할퀴기 시작했다.

"우--우--우!"

마치 나무통 안에서 울리는 것 같은 소리가 온 아파트로 퍼져나갔다.

'부엉이를 다시 물어뜯어버릴까.' 샤리끄가 제정신이 아닌 상태로 맥없이 생각했다. 그러고는 힘이 빠져 바닥에 드러누웠다. 그런데 그가 다시 일어났을 때엔 몸의 털이 갑자기 곤두섰으며, 욕실 안에 늑대의 눈이 어른거리기 시작했다.

샤리끄의 고통이 최고조에 이를 무렵 욕실 문이 열렸다. 밖으로 나온 샤리끄가 몸을 세게 흔든 후 우울한 표정을 지으며 부엌으로 향했다. 그런데 지나가 개목걸이를 완고하게 잡아당겨 그를 진찰실로 끌고 갔다. 개의 간담이 서늘해졌다.

'대체 무슨 일로 내가 필요한 거지?' 개는 뭔가 미심쩍었다. '옆

구리는 다 아물었잖아. 전혀 이해할 수가 없군.'

샤리끄가 마룻바닥에 미끄러지듯 질질 끌려서 마침내 진찰실로 옮겨졌다. 진찰실에 들어서자 신기한 불빛이 그를 놀라게 했다. 천장 밑의 하얀 전구가 눈이 시릴 정도로 빛나고 있었다. 그 불빛 속에 어떤 신관神官이 서 있는데, 그의 입에서 '신성한 나일 강변' 노래가 흘러나오고 있었다. 어렴풋한 냄새만으로도 그가 필리쁘 필리쁘비치임을 알 수 있었다. 짧게 깎은 흰 머리카락이 총주교의 둥근 모자를 연상시키는 하얀 원추형 모자 속에 감추어져 있었다. 우리의 신께서는 머리에서 발끝까지 온통 흰색에 싸여 있었고, 허리에는 마치 승려의 견대肩帶처럼 생긴, 폭이 좁은 고무 앞치마를 두르고 있었으며, 손에는 검은색 장갑을 끼고 있었다.

개에게 물렸던 의사도 원추형 모자를 쓰고 있었다. 곧 기다란 테이블을 펼치더니 그 옆으로 사각형의 조그만 외발 탁자를 끌어다 붙였다.

무엇보다 샤리끄는 의사가 싫었다. 그중에서도 오늘 의사의 눈빛이 특히 증오스러웠다. 보통 용감하고 직선적이던 시선이 오늘은 개의 눈을 피해 사방으로 달아나고 있었다. 그의 눈은 뭔가 경계하는 위선적인 눈이었으며, 그 깊숙한 심연에는 만약 완전범죄가 되지 않을 경우 아주 나쁘고 추악한 결과를 초래할 수 있는 무언가가 숨겨져 있었다. 샤리끄는 불쾌하고 음울한 눈초리로 의사를 쳐다보고는 구석으로 몸을 피했다.

"지나, 개목걸이를……"

필리쁘 필리뽀비치가 나지막한 소리로 말했다.

"개를 흥분시키면 안돼."

순간 지나의 눈빛이 의사처럼 혐오스러운 눈빛으로 변했다. 그녀는 샤리끄에게 다가와서 무척이나 부자연스럽게 그를 쓰다듬었다. 샤리끄는 슬픔과 경멸의 눈초리로 그녀를 바라보았다.

'대체 무슨 일이죠…… 당신들은 세 명이나 되면서. 원하시면 날 가져요. 하지만 당신들에게 부끄러운 일이죠…… 대체 나를 어쩔 셈인지 알 수 있으면 좋으련만……'

지나가 개목걸이를 벗겼다. 그러자 샤리끄가 머리를 거칠게 흔들더니 화를 내면서 으르렁거렸다. 의사가 다가와 개 앞에 서자 구역질 나는 아주 고약한 냄새가 풍겨왔다.

'으으, 역겨운 냄새…… 그런데 왜 이렇게 몽롱하고 무서운 거지……' 샤리끄가 이렇게 생각하면서 의사에게서 뒷걸음질을 쳤다.

"자, 빨리, 의사 선생."

필리쁘 필리뽀비치가 참지 못하고 소리쳤다.

곧 코를 찌르는 달콤한 냄새가 방 안에 퍼졌다. 의사는 근심스러운 경계의 시선을 떼지 않은 채 등 뒤에 감추었던 오른손을 잽싸게 내밀어 샤리끄의 코에 축축한 솜뭉치를 갖다댔다. 순간 샤리끄의 정신이 멍해지면서 머릿속이 빙글빙글 돌기 시작했다. 그러나 아직은 껑충 뛰어올라 상황을 벗어날 수 있었다. 그러자 덩달아 의사도 껑충 뛰어오르더니 갑자기 솜뭉치로 샤리끄의 온 낯짝을 틀어막았다. 곧 샤리끄의 호흡이 차단되었다. 그러나 샤리끄는 한번 더

뿌리치며 빠져나올 수 있었다. '이런 악당 같은 놈……' 샤리끄의 머릿속에 이런 생각이 스쳐지나갔다. '뭣 때문에?' 그때 솜뭉치가 샤리끄의 낯짝을 다시 한번 틀어막았다. 그러자 갑자기 진찰실 한가운데에 호수가 나타났으며, 호수의 보트 안에는 이승엔 없고 저승에나 존재할 법한 천진난만한 개들이 유쾌한 표정으로 앉아 있었다. 곧 샤리끄의 다리에 힘이 빠지더니 아래로 꺾였다.

"테이블로 옮겨!"

어디선가 필리쁘 필리뽀비치의 경쾌한 목소리가 툭 튀어나오더니 오렌지색 흐름을 타고 사방으로 퍼져나갔다. 이제 두려움은 사라지고 기쁨으로 바뀌었다. 죽어가면서 샤리끄는 2초가량 의사를 사랑했다. 잠시 후 온 세상이 거꾸로 뒤집히고, 차갑긴 하지만 기분 좋은 손이 자신의 배를 받치고 있음을 느낄 수 있었다. 그러나 그다음은 아무것도 느껴지지 않았다.

4

폭이 좁은 수술대 위에 축 늘어진 개 샤리끄가 놓였다. 머리가 풀 먹인 흰색 베개에 힘없이 부딪혔다. 배에 난 털은 이미 전부 깎여 있었다. 닥터 보르멘딸리가 숨을 몰아쉬면서 샤리끄의 머리털 깊숙이 기계를 집어넣은 후 서둘러 깎았다. 수술대에 손바닥을 대고 몸을 의지하고 있던 필리쁘 필리뽀비치가 금테 안경처럼 반짝이는 두 눈으로 이 과정을 지켜보더니 흥분해서 말했다.

"이반 아르놀리도비치, 가장 중요한 순간은, 내가 뇌하수체가 얹혀 있는 터키안[13]으로 들어갈 때네. 부탁건대, 재빨리 연결선을 건

---

13 두개골 접형골체의 상면에서 정중선을 횡으로 가로지르는 함요를 지칭하는 의학용어. 뇌하수체가 일명 '터키안(鞍)' 또는 '말안장'이라고 하는 뼈 구조물 위에

네주고 이곳을 꿰매도록 하게. 만약 내 쪽에서 출혈이 생기면 시간을 잃게 되고, 개도 잃을 수밖에 없네. 그럼 이 녀석에겐 아무런 기회가 없겠지."

필리쁘 필리뽀비치가 얘기를 멈추고 눈을 가늘게 떴다. 그러고는 조롱하듯 눈을 반쯤 뜨고 있는 개를 쳐다보더니 이렇게 덧붙였다.

"이 녀석이 불쌍하군. 생각해보게, 아마도 내가 녀석에게 정이 들었나봐."

그는 불행한 개 샤리끄의 어려운 희생에 축복이라도 내리려는 듯이 양손을 들어올렸다. 그는 아주 작은 먼지 하나라도 검은색 장갑에 들러붙지 않게 하려고 애를 썼다.

털이 제거된 개의 하얀 살갗이 번뜩이기 시작했다. 보르멘딸리가 기계를 내던지고 면도칼을 준비했다. 그러고는 작고 힘없는 개의 머리에 비누칠을 한 후 면도질을 시작했다. 면도날 밑에서 버석거리는 소리가 나더니 어디선가 피가 흘러나왔다. 면도질을 마친 의사는 가솔린을 적신 솜뭉치로 샤리끄의 머리를 깨끗이 닦았다. 그런 다음 개의 배가 드러나도록 길게 늘어뜨린 후 숨을 가쁘게 몰아쉬며 말했다.

"준비됐습니다."

지나가 세면기 위의 수도꼭지를 틀자 보르멘딸리가 손을 씻으러 달려왔다. 지나가 작은 유리병에 담긴 알코올을 그의 손에 부었다.

얹혀 있는 형상을 하고 있다. 라틴어로 sella turcica(터키 안장)라고 한다.

"저는 나가 있어도 될까요, 필리쁘 필리뽀비치?"

겁에 질린 지나가 깨끗이 면도된 개의 머리를 힐끔거리면서 물었다.

"그렇게 해라."

지나가 재빨리 밖으로 사라졌다. 보르멘딸리는 계속 분주하게 돌아다녔다. 그는 가벼운 가제 수건으로 샤리끄의 머리를 덮었다. 그러자 이제껏 아무도 본 적 없는 개의 민머리 두개골과 이상한 턱수염의 낯짝이 베개 위에 놓여 있는 것이었다.

그때 우리의 신관께서 미동하기 시작했다. 그는 자세를 바로잡은 후 개의 머리를 쳐다보며 말했다.

"오, 주여, 축복을 내려주소서! 자, 메스를 주게."

보르멘딸리가 작은 탁자 위에 번쩍번쩍 빛을 내며 수북이 쌓여 있는 칼 더미에서 가운데가 볼록 솟은 조그만 메스를 꺼내어 신관에게 건넸다. 그러고는 자신도 신관과 같은 검은색 장갑을 꼈다.

"깨진 않았지?"

필리쁘 필리뽀비치가 물었다.

"잘 자고 있습니다."

필리쁘 필리뽀비치의 입이 오므라들고 눈에서는 찌를 듯이 날카로운 섬광이 번쩍거렸다. 그는 메스를 치켜들어 샤리끄의 배를 정확하고 길게 그어내렸다. 곧 살갗이 벌어지고 피가 사방으로 솟구쳤다. 보르멘딸리가 정신없이 달려들어 가제 뭉치로 샤리끄의 상처 부위를 압박했다. 그런 다음 설탕 집게처럼 생긴 핀셋으로 상처 가장자리를 압착하자 피가 멎었다. 구슬 같은 땀방울이 보르멘딸리의 이마에 맺혔다. 필리쁘 필리뽀비치는 샤리끄의 배를 다시 한번 깊숙이 벤 후 보르멘딸리와 함께 갈고리, 가위, 꺾쇠 같은 것으로 개의 몸을 파내기 시작했다. 붉고 노란 피가 튀더니 핏방울이 이슬처럼 맺힌 내장기관이 드러났다. 필리쁘 필리뽀비치가 샤리끄의 몸속에서 메스를 이리저리 돌리다가 큰 소리로 외쳤다.

"가위!"

가위가 마치 마법사 손에서 놀듯이 의사의 손에서 번쩍거렸다. 필리쁘 필리뽀비치가 손을 깊숙이 집어넣어 몇번 회전시키더니 샤리끄의 몸에서 지스러기가 붙은 정자분비관을 떼어냈다. 열정과 흥분으로 온몸이 홀랑 젖은 보르멘딸리가 유리병 쪽으로 황급히 달려가서 밑으로 축 늘어진 다른 정자분비관을 꺼냈다. 현악기 줄 같이 생긴 짧고 축축한 선들이 툭툭 튀면서 교수와 조수의 손에 감기기 시작했다. 조여서 고정해놓았던 등이 굽은 바늘을 교수가 섬세한 손놀림으로 움직이기 시작하자 샤리끄의 몸속에 정자분비관이 자리를 잡기 시작했다. 우리의 신관께서 상처 부위로부터 한발 물러서더니 그곳에 가제 뭉치를 밀어넣고 지시를 내렸다.

"의사 선생, 빨리 살갗을 꿰매도록 하게."

그러고는 커다란 흰색 벽시계를 바라보았다.

"14분 걸렸습니다."

보르멘딸리가 꽉 다문 이빨 틈새로 말을 내뱉고는 굽은 바늘로 샤리끄의 늘어진 피부를 찔렀다. 잠시 후 두 사람은 뭔가에 쫓기는 살인자들처럼 흥분하기 시작했다.

"메스!"

필리쁘 필리뽀비치가 외쳤다.

메스가 마치 스스로 뛰어올라 찾아가듯 필리쁘 필리뽀비치 손에 쥐이자 얼굴이 무섭게 변했다. 그가 금빛 사기 치아를 살짝 드러내 보이더니 단 한번의 칼질로 샤리끄의 이마에 빨간색 왕관 모양의 표시를 만들었다. 그후 마치 인디언들이 머리 가죽을 벗기는 것처럼 이미 털이 제거된 샤리끄의 머리 가죽을 벗겨내자 마침내 두개골 뼈가 드러났다. 필리쁘 필리뽀비치가 소리쳤다.

"톱!"

보르멘딸리가 그에게 타래송곳을 건넸다. 필리쁘 필리뽀비치는 입술을 깨문 채 타래송곳을 찔러넣은 후 샤리끄의 두개골을 따라 1센티미터 간격으로 작은 구멍들을 뚫었다. 구멍 하나를 뚫는 데 5초 이상 걸리지 않았다. 그런 다음 괴상하게 생긴 톱을 들어 톱 꼬리 부분을 가장 먼저 뚫은 구멍에 집어넣은 후 마치 부인용 수공예품 상자를 만드는 것처럼 톱질을 시작했다. 두개골이 떨리면서 날카로운 쇳소리를 냈다. 3분 정도가 지나서 샤리끄의 두개골 뚜껑을 떼어냈다.

그러자 푸르스름한 정맥과 불그스레한 반점들이 있는 둥근 모양의 샤리끄의 회색빛 뇌가 드러났다. 필리쁘 필리뽀비치가 가위를 찔러넣어 뇌막을 자르기 시작했다. 가느다란 분수처럼 피가 솟구쳐올라 하마터면 교수의 눈에 튀거나 모자 위에 뿌려질 뻔했다.

보르멘딸리가 마치 호랑이처럼 달려들어 회전 핀셋으로 출혈부위를 틀어막았다. 몸에서 땀이 줄줄 흘러내렸고, 얼굴은 기름기로 인해 여러가지 색깔을 띠었다. 그의 눈길이 교수의 손에서 수술용 기구가 놓인 탁자 위의 접시로 급히 이동했다. 그 순간 필리쁘 필리뽀비치가 아주 무서운 모습으로 변했다. 코에서는 쉭쉭거리는 소리가 났으며, 잇몸이 다 드러나도록 입술이 벌어졌다. 그는 뇌막을 벗긴 후, 엎어놓은 찻잔처럼 생긴 반구(半球)로부터 무언가를 꺼내기 위해 어딘가 깊숙이 손을 집어넣었다. 이때 보르멘딸리의 얼굴이 창백해지더니 한 손으로 샤리끄의 가슴을 잡은 채 쉰 목소리로 말했다.

"맥박이 급격히 떨어집니다……"

필리쁘 필리뽀비치가 사나운 시선으로 샤리끄를 힐끗 보고는 뭔가 중얼거린 후 손을 더 깊이 집어넣었다. 보리멘탈리가 '딱' 하는 소리와 함께 유리 앰플병을 따서 주사기로 빨아올린 후 샤리끄의 심장 어딘가에 재빨리 찔렀다.

"이제 터키안으로 들어가네."

필리쁘 필리뽀비치가 짖듯이 말을 내뱉고는 피범벅이 된 미끄러운 장갑을 낀 손으로 샤리끄의 머리에서 희누르스름한 색깔의 뇌를 꺼냈다. 그가 샤리끄의 낯짝을 힐끗 곁눈질하자, 보르멘딸리가 노란 액체가 든 두번째 앰플병을 따서 기다란 주사기로 빨아올렸다.

"심장에 찌를까요?"

그가 소심하게 물었다.

"자네 또 질문을 하는가?"

교수가 매섭게 소리쳤다.

"이미 저 녀석은 자네 손에 다섯번이나 죽었는데 무슨 상관이야. 찌르게! 아직 살아 있다고 상상이나 할 수 있겠나?"

이렇게 말하는 순간에 그의 얼굴은 마치 의욕에 찬 강도처럼 변했다.

용기를 얻은 젊은 의사가 개의 심장에 주삿바늘을 가볍게 찔러넣었다.

"간신히 목숨은 유지하고 있습니다."

그가 소심하게 중얼거렸다.

"지금은 죽고 살고를 판단할 때가 아니야."

무서운 얼굴의 필리쁘 필리뽀비치가 쉭쉭거리는 소리를 내며 말했다.

"난 터키안을 봐야겠네. 어차피 죽을 거지만…… 이런, 젠장…… '신성한 나일 강변을 향하여……' 그걸 이리 주게."

보르멘딸리가 교수에게 작은 유리병을 건넸다. 유리병 액체 속에는 실에 꿰인 흰색의 작은 덩어리가 이리저리 흔들리고 있었다. '오, 하느님, 전유럽을 통틀어 저런 전문가는 없을 거야……' 보르멘딸리가 어렴풋이 생각했다. 필리쁘 필리뽀비치가 한 손으론 흔들거리는 작은 덩어리를 꺼내고, 다른 한 손으론 늘어진 두개의 반구 사이 어딘가 깊숙한 곳에서 똑같이 생긴 작은 덩어리를 가위로 잘라냈다. 그는 샤리끄의 뇌에서 나온 덩어리를 접시에 던져놓은 후, 기적을 행하는 정교하고도 부드러운 짧은 손가락들을 이용해 새 덩어리를 샤리끄의 뇌 속에 집어넣은 다음에 노란색 실로 교묘하게 잘 묶었다. 이렇게 작업을 한 후 그는 샤리끄의 머리에서 고정용 설치물과 핀셋을 제거하고 찻잔 모양의 반구 뒤로 뇌를 집어넣은 다음에 몸을 뒤로 젖히고는 아주 평온한 목소리로 물었다.

"이미 죽었겠지, 그렇지?"

"극히 미약하나마 맥박이 있습니다."

보르멘딸리가 대답했다.

"아드레날린 주사를 한번 더 놓게."

교수는 뇌막이 붙어 있는 두개골을 아무렇게나 내려놓고 톱으로 잘라낸 두개골 뚜껑을 정확히 제자리에 얹은 후 머리 가죽을 그 위에 덮고 나서 소리쳤다.

"봉합하게!"

보르멘딸리가 5분 동안 꿰매면서 바늘을 세개나 부러뜨렸다.

잠시 후, 주변이 피로 물든 베개 위에 둥근 고리 모양의 상처를 가진 샤리끄의 생기 없고 흐리멍덩한 낯짝이 드러났다. 필리쁘 필리뽀비치는 피를 잔뜩 빨아먹고 만족한 흡혈귀처럼 완전히 뒤로 물러나서 한쪽 장갑을 벗었다. 땀이 말라붙어 생긴 가루 같은 것이 장갑에서 잔뜩 떨어졌다. 다른 한쪽 장갑은 찢어서 바닥에 내던지고는 벽에 달린 벨을 눌렀다. 곧 문지방에 지나가 나타났다. 그녀는 피투성이의 샤리끄를 보지 않으려고 고개를 돌렸다. 우리의 신관께서 새하얀 손으로 피 묻은 원추형 모자를 벗은 후 큰 소리로 말했다.

"지나, 지금 당장 퀄련을 다오. 속옷도 새것으로 준비하고 목욕 준비를 해놓아라."

그가 허리를 굽혀 수술대 모서리에 턱을 갖다댔다. 그러고는 손가락 두개로 샤리끄의 오른쪽 눈꺼풀을 벌린 다음 명백히 죽어가고 있는 개의 눈동자를 들여다보며 말했다.

"이런, 빌어먹을! 죽지 않았어. 뭐, 어차피 죽게 되겠지. 아, 닥터 보르멘딸리, 개가 가엾군. 약삭빠르긴 했지만 귀여운 녀석이었어."

5

닥터 보르멘딸리의 진료 일지

필기용의 얇은 규격 노트. 보르멘딸리의 필체로 가득 채워져 있
음. 처음 두 페이지는 정확하고 세밀하면서도 분명한 필체로 기록
되어 있으나, 뒤로 가면서 많은 얼룩과 함께 분방하고 흥분된 필체
로 기록되어 있음.

1924년 12월 22일 월요일, 진찰 기록

약 두살가량의 실험용 개. 수컷. 종자—잡종견. 이름—샤리끄.
털이 관목처럼 드문드문 나 있고, 연한 갈색에 희끄무레한 반점들
이 있음. 꼬리는 끓인 우유 색깔을 띠고 있음. 오른쪽 옆구리에는

완전히 아문 화상 자국이 있음. 교수에게 오기 전엔 영양상태가 불량했으나 온 지 일주일 만에 통통하게 살이 오름. 몸무게는 8킬로그램(감탄부호). 심장, 허파, 위장, 체온……

12월 23일 저녁 8시 30분. 쁘레오브라젠스끼 교수에 의해 유럽 최초의 수술이 실시됨. 클로로포름으로 마취된 상태에서 샤리끄의 고환을 제거하고 대신에 생식선과 돌기가 딸린 남성 고환을 이식함. 그 고환은 수술 4시간 4분 전에 사망한 28세 남성의 몸에서 적출한 것으로, 교수의 지시에 따라 멸균 생리수 속에 보관하였던 것임.

그 수술에 바로 뒤이어 두개골의 뚜껑을 여는 개두술蓋頭術을 실시하여 뇌하수체를 제거하였으며, 상기 언급된 남성에게서 적출한 뇌하수체로 교체함.

클로로포름 8입방미터, 캠퍼 주사[14] 1회, 아드레날린 주사 2회가 심장에 투여됨.

수술이 입증하려는 사실―뇌하수체와 고환을 함께 연결시켜 이식하는 쁘레오브라젠스끼 교수의 실험법. 이는 뇌하수체의 적응성과 이것이 향후 인간 유기체의 노화방지에 미치는 영향에 대한 문제를 밝히기 위한 목적을 가짐.

Ф. Ф. 쁘레오브라젠스끼 교수가 수술을 집도함.

닥터 И. А. 보르멘딸리가 수술을 보조함.

---

14 강심제 주사. 혈관운동을 자극하여 혈압을 높이고 호흡을 원활하게 하는 데 도움을 준다.

수술 당일 밤: 무섭게 반복되는 맥박수의 감소. 치명적인 결과가 예측됨. 교수의 지시에 따라 상당량의 캠퍼를 투여함.

12월 24일. 오전에 상태가 호전됨. 호흡이 두 배로 빨라지고 체온은 42도. 체내에 캠퍼와 카페인을 투여함.

12월 25일. 다시 상태가 악화됨. 맥박이 간신히 느껴지고 사지가 차갑게 식어가며 동공이 반응을 보이지 않음. 교수의 지시에 따라 아드레날린과 캠퍼를 심장에 투여함. 정맥에는 생리 용액을 투여함.

12월 26일. 상태가 다소 호전됨. 맥박수 180, 호흡수 92, 체온 41도. 관장기구를 이용하여 캠퍼와 영양식을 주입함.

12월 27일. 맥박수 152, 호흡수 50, 체온 39.8도. 동공이 반응을 보임. 체내에 캠퍼를 투여함.

12월 28일. 상태가 현저히 호전됨. 정오 무렵에 갑자기 비 오듯이 땀을 흘림. 체온 37도. 수술 상처는 전과 동일한 상태. 새 붕대로 교체함. 식욕이 생김. 액체 영양식을 제공함.

12월 29일. 갑자기 이마와 옆구리 털이 빠지기 시작함. 자문을 구하기 위해 피부질환과 바실리 바실리예비치 분다례프 교수와 모스끄바 모범수의학연구소장이 호출됨. 의학서적에 선례에 대한 기록이 없음을 확인함. 진단법이 확정되지 않은 채로 남겨짐. 체온은 정상.

(연필로 쓴 기록.)

저녁에 처음으로 개 짖는 소리가 들림(8시 15분). 급격한 음색 변화와 어조의 하락에 주의가 기울여짐. 짖는 소리가 단어 '멍-멍' 대신에 음절 '아-오'로 바뀜. 멀리서 들으면 신음 소리를 연상시킴.

12월 30일. 전체적으로 탈모현상이 관찰됨. 체중을 측정하니 예상치 못한 결과가 나옴. 뼈 길이(신장)로 계산하면 체중은 30킬로그램 정도. 계속 누워 있음.

12월 31일. 대단한 식욕이 관찰됨.
(노트에 얼룩이 있음. 그 뒤로 급히 쓴 필체가 이어짐.)
오후 12시 12분에 개가 '아-브-으르'라는 단어를 분명하게 내뱉음.
(노트에 공란이 있고, 그 뒤로는 흥분으로 인한 실수가 분명해 보이는 기록이 있음.)

12월 1일. (글씨를 지우고 바르게 정정함.)

1925년 1월 1일. 오전에 사진촬영을 함. 개가 기쁨에 겨운 듯 큰 소리로 반복해서 확실히 '아브으르'라고 짖음. 오후 3시에는 개가 웃었음(대문자로 표기됨). 이로 인해 하녀 지나가 기절하는 소동이 벌어짐. 저녁에는 '아브으르-발그' '아브으르'라는 단어를 여덟 번이나 연달아 발음함.

(연필로 작성된 비스듬히 기울어진 글씨체.) 교수가 '아브으르-발그'라는 단어를 해독함. 이는 어업국이라는 뜻의 '글라브-르이바'를 의미함…… 뭔가 괴물이……

1월 2일. 개가 웃을 때 사진촬영을 함. 침대에서 일어나 뒷발로 선 채 30분이나 확실히 버팀. 거의 내 키만큼 자랐음.

(노트에 삽입지가 있음.)

러시아 과학은 하마터면 치명적인 손실을 입을 수 있었음.

Ф. Ф. 쁘레오브라젠스끼 교수에 대한 진료 기록.

1시 13분──쁘레오브라젠스끼 교수가 심하게 졸도함. 쓰러지면서 탁자 다리에 머리를 부딪침. 신경안정제.

나와 지나가 지켜보는 가운데 개가 (만약 개라면 그렇게 할 수도 있음) 쁘레오브라젠스끼 교수에게 쌍욕을 퍼부음.

(기록에 공란이 있음.)

1월 6일. (연필로 쓴 곳도 있고, 보라색 잉크로 쓴 곳도 있음.)

오늘 꼬리가 떨어져나간 후 개는 완전히 분명하게 '맥줏집'이라는 단어를 발음함. 녹음기가 돌아가고 있음. 도대체 이게 무슨 일인가!

어찌할 바를 모르겠음.

교수의 진료가 중단됨. 개가 할 일 없이 빈둥거리고 있는 진찰실에서 오후 5시부터 저급한 욕설과 "두 병 더!"라는 말이 선명하게 들려옴.

1월 7일. 개가 '마부' '자리 없어' '석간신문' '아이들에게 가장 좋은 선물' 그리고 러시아어 사전에나 존재할 온갖 욕설 등 아주 많은 단어를 발음함.

개의 모습이 이상해짐. 머리, 턱, 가슴에만 털이 남음. 나머지 부분은 털이 빠지고 피부가 축 늘어짐. 생식기 부분은 남성의 모습을 갖추고 있음. 두개골이 현저히 확대됨. 이마는 좁고 기울어짐.

하느님 맙소사, 내가 미치겠군!

필리쁘 필리뽀비치의 건강이 더욱 악화됨. 대부분의 진료는 내가 맡고 있음. (녹음기, 사진들.)

도시에 소문이 퍼지고 있음.

이로 인해 무수한 사태가 발생함. 오늘 낮에는 온 골목이 할 일 없이 노는 자들과 노파들로 가득 찼음. 구경꾼들이 이제 창문 밑에까지 와서 서 있음. 조간신문에 놀랄 만한 기사가 실림. '오부호프 골목의 화성인에 관한 전혀 근거 없는 소문. 쑤하레프 시장 상인들에 의해 소문이 퍼졌으며, 이 일로 상인들이 엄중한 처벌을 받게 될 것임.' 젠장, 화성인이라니? 이건 정말 악몽이군.

더욱 놀라운 것은, 바이올린을 연주하는 어린 아기가 태어났다는 기사가 석간신문에 실린 것임. 바이올린과 내 사진이 박힌 기사, 그 밑에 '산모에게 제왕절개 수술을 한 쁘레오브라젠스끼 교수'라는 서명이 있음. 이건 정말 뭐라고 설명할 수도 없는…… 어린 아기가 '경찰관'이라는 새로운 단어를 발음함.

날 짝사랑하고 있던 다리야 뻬뜨로브나가 필리쁘 필리뽀비치의 앨범에서 사진 한장을 슬쩍한 사실이 밝혀짐. 내가 기자들을 쫓아냈는데 나중에 그중 한명이 몰래 부엌으로 기어들어옴. 기타 등등.

환자 진료를 시작한다면 과연 무슨 일이 벌어질까! 오늘 여든두 통의 전화가 옴. 전화선을 뽑아버림. 자식을 갖지 못한 부인들이 미친 듯이 찾아오고 있음……

주택관리위원회의 모든 위원들이 시본제르를 앞세우고 방문함. 방문 이유는 자신들도 모름.

1월 8일. 늦은 저녁에 진단이 내려짐. 진실한 학자인 필리쁘 필리뽀비치가 자신의 실수, 즉 뇌하수체 이식이 개를 젊어지게 만든 것이 아니라 완전한 인간(세번이나 강조됨)으로 만들어버린 실수를 인정함. 이로 인해 발생한 그의 놀라운 발견은 결코 작은 사건이 아님.

개가 처음으로 집 안을 걸어다님. 복도에서 전기 램프를 쳐다보고 웃었음. 그후 나와 필리쁘 필리뽀비치와 함께 집무실로 감. 뒷발로 굳건히 버티고 서서(지워져 있음)…… 서 있는 모습이 제대로 자라지 못한 왜소한 남자의 인상을 드러냄.

집무실에서 미소를 지음. 부자연스럽고 기분 나쁜 미소. 잠시 후 뒤통수를 긁고는 주위를 둘러보더니 분명하게 발음한 새로운 단어 '부르주아들'을 씀. 욕설을 내뱉음. 그의 욕설은 체계적이고 지속적임. 전혀 의미 없이 내뱉는 것으로 보임. 욕설이 녹음기 성격을 지님. 전에 어디선가 욕설을 듣고 그것을 뇌에 잠재의식적으로 자동 저장해두었다가 최근 들어 마구 뱉어내는 것으로 판단됨. 하지만 난 정신과 의사가 아님. 빌어먹을!

무슨 이유인지 욕설은 필리쁘 필리뽀비치에게 무척이나 고통스러운 기분을 불러일으킴. 그가 이 새로운 현상을 신중하고 냉정하게 관찰하다가 인내심을 잃는 경우가 종종 발생함. 개가 욕을 할 때 갑자기 신경질적으로 소리를 지름.

"그만해!"

그러나 이 말은 아무런 효과가 없었음.

집무실에서 할 일 없이 빈둥거리던 샤리끄를 모두 달려들어 간신히 진찰실로 옮김.

그후에 나는 필리쁘 필리뽀비치와 회의를 함. 이토록 자신만만하고 놀랍도록 지혜로운 분이 당황해하는 모습을 처음 보았다는 사실을 인정하지 않을 수 없음. 교수는 여느 때처럼 노래를 읊조리더니 나에게 "이제 우리가 어떻게 해야 할까?"라고 질문을 던짐. 그러고는 정확히 "모스끄바 재봉사, 그래……'쎄비야에서 그라나다까지.' 모스끄바 재봉사, 친애하는 의사 선생……"이라고 스스로 대답함. 그게 무슨 뜻인지 내가 전혀 이해하지 못하자 "이반 아르놀리도비치, 개에게 속옷과 바지와 신사복을 사주게"라고 분명하게 말함.

1월 9일. 오늘 아침부터 매 5분마다(평균적으로) 새로운 단어와 어구들을 익힘으로써 어휘가 풍부해지고 있음. 마치 의식 내부에 얼어붙어 있던 어휘들이 녹으면서 밖으로 나오는 것처럼 보임. 밖으로 나온 단어는 사용되기 시작함. 어제저녁부터는 '밀지 마' '더러운 놈' '발 디딤대에서 내려와' '네게 본때를 보여주지' '미국의 승인' '석유난로' 등의 말들이 녹음기에 의해 확인됨.

1월 10일. 드디어 옷을 입힘. 속셔츠 입는 것을 기꺼이, 심지어 즐겁게 웃으면서 순순히 허락함. 그러나 속바지 입는 것은 거부함. 쉰 목소리로 "줄 서, 개새끼들, 줄 서!"라고 외치면서 항의를 표시함. 옷을 입힘. 양말이 큼.

(개의 다리가 인간의 다리로 변형되는 과정을 특징별로 묘사한 개략적인 그림들이 노트에 그려져 있음.)

뒷발바닥 골격이 길게 늘어남. 손가락 길이가 늘어나면서 커짐. 발톱.

반복적이고 체계적인 화장실 사용법 훈련. 하녀들은 완전히 포기함.

그러나 이 존재의 영리함에 주의를 기울일 필요가 있음. 일은 아주 순조롭게 진행되고 있음.

1월 11일. 아주 순순히 바지를 입음. '담배 줘, 네 바지는 줄무늬 바지'라는 길고 재미있는 문장을 발음함.

머리털이 부드럽고 연한 비단 같음. 사람의 머리털과 혼동하기 쉬움. 정수리의 반점들은 그대로 남아 있음. 오늘은 귀에 있던 마지막 솜털이 빠짐. 왕성한 식욕. 정신없이 청어를 먹어치움.

오후 5시의 사건: 이 존재에 의해 발음된 최초의 단어들은 주변 환경과 무관하지 않으며, 그에 대한 반응으로 발생한 것임. 그런데 교수가 "먹다 남은 찌꺼기를 바닥에 버리지 마"라고 지시하자, 갑자기 "저리 꺼져, 이 나쁜 새끼야!"라고 대답함.

몹시 놀란 필리쁘 필리뽀비치가 정신을 가다듬고는 "만약 내게 혹은 의사에게 한번만 더 욕을 하면 혼날 줄 알아"라고 말함.

그 순간 나는 샤리끄를 사진촬영함. 그가 교수의 말을 알아들었다는 것을 내가 보증함. 음울한 그림자가 샤리끄의 얼굴에 드리워짐. 무척 화난 듯이 눈을 치켜뜨고 힐끗힐끗 보았으나 곧 잠잠해졌음.

만세! 그가 말귀를 알아듣는다!

1월 12일. 바지 주머니에 손을 집어넣음. 욕을 하지 못하도록 조치함. 휘파람으로 「오, 사과」라는 노래를 부름. 이제는 계속 이어지는 대화가 가능함.

몇가지 가설 중에서 젊어지게 하는 실험은 지금 생각할 필요가 없을 것 같다. 이보다 훨씬 더 중요한 다른 일이 있기 때문이다. 쁘레오브라젠스끼 교수의 멋진 수술이 인간 뇌의 비밀 중 하나를 파헤친 것이다. 이제 뇌의 돌기와 관련된 뇌하수체의 비밀스러운 기능이 밝혀지게 되었다. 바로 뇌하수체가 인간의 외모를 결정한다는 것이다. 따라서 뇌하수체 호르몬이 유기체에 있어서 가장 중요한 것이라고 부를 수 있다. 외모를 결정하는 호르몬! 과학에 있어서 새로운 분야가 개척되었다. 파우스트의 증류기 없이 작은 인간이 창조되었다. 외과의사의 메스가 새로운 인간에게 생명을 불어넣은 것이다. 쁘레오브라젠스끼 교수님, 당신은 조물주입니다. (얼룩덜룩한 반점.)

그런데 내 얘기가 잠깐 옆길로 새버렸다…… 이제 개는 대화를 끊어지지 않게 유지하고 있다. 내 예상으로 현재 상황은 다음과 같다. 즉, 뿌리를 내린 뇌하수체가 개의 뇌 속에 언어 센터를 개설하여 단어들이 물밀듯이 쏟아져나오고 있는 것이다. 내 생각으로, 지금 우리 앞에 있는 것은 죽음에서 되살아나 발전하고 있는 뇌지 새로 창조된 뇌가 아니다. 오, 진화론의 놀라운 확증! 오, 개에서 화학자 멘델레예프에 이르는 위대한 연결! 나의 또다른 가설—샤리끄의 뇌는 그가 개로 존재하던 시기에 수많은 개념들을 축적하였다. 그가 처음으로 사용하기 시작한 단어들은 모두 저속한 단어들이었다. 그는 이 단어들을 듣고 뇌 속에 잘 감추어두었던 것이다. 요즘 나는 거리에서 마주치는 개들을 신비롭고 두려운 시선으로 바라본다. 그들의 뇌 속에 무엇이 숨겨져 있는지는 하느님만 알고 계신다.

샤리끄가 글을 읽었다. 읽었다(감탄부호 세개). 내가 추측해냈다. 어업국이라는 뜻의 '글라브-르이바'였다. 그가 단어를 끝에서부터 거꾸로 읽었던 것이다. 게다가 나는 개의 시신경 굴절 현상에 대한 수수께끼의 실마리를 어디서 찾아야 하는지도 알고 있다.

요즘 모스끄바에서 벌어지고 있는 일들은 인간의 머리로 도저히 이해하기가 힘들다. 이미 쑤하레프 시장 상인 일곱명이 볼셰비끼들이 자초한 세상 종말에 대한 소문을 유포한 죄로 구속되었다. 이 소문은 다리야 뻬뜨로브나가 전해주었는데, 그녀는 심지어 정확한 날짜까지 언급하였다. 1925년 11월 28일, 순교자 사제 스쩨빤 축일에 지구가 하늘의 축에 충돌한다는 것이다…… 몇몇 사기꾼들은 이미 강연을 하고 돌아다닌다. 우리의 뇌하수체 수술로 인해 발생한 대혼란 때문에 사람들이 몰려오는 바람에 아파트에서 그들을 쫓아내기도 힘들 지경이다. 나는 쁘레오브라젠스끼 교수의 요청에 따라 그의 집으로 이사를 와서 샤리끄과 함께 진찰실에서 지낸다. 진찰실이 응접실로 변해버렸다. 결국 시본제르가 옳았다. 주택관리위원회는 우리의 재난을 기뻐할 것이다. 개가 껑충껑충 뛰어오르는 바람에 장식장 유리가 하나도 남질 않았다. 간신히 버릇을 고쳐놓았다.

필리쁘 필리뽀비치에게 뭔가 이상한 일이 일어나고 있는 것 같다. 샤리끄를 아주 높은 수준의 인격체로 발전시키자는 나의 희망과 가설에 대해 얘기했을 때, 그는 야유조로 "흠, 자넨 그렇게 생각하는가?"라고 대답했다. 그의 어조에서 좋지 않은 예감이 들었다. 정말 내가 실수한 걸까? 노인네가 뭔가 궁리를 하고 있다. 내가 진료 기록에 매달려 있는 동안 그는 우리가 뇌하수체를 떼어낸 그 남자의 과거 기록에 몰두하고 있다.

(노트에 삽입지가 있음.)

끌림 그리고리예비치 추군낀, 25세, 미혼. 비공산당원, 공산당의 동조자. 세번 재판을 받았으나 무죄로 석방됨. 처음엔 증거 불충분, 두번째는 출신성분이 구해주었고, 세번째는 강제노동 15년의 집행유예를 받음. 절도. 직업은 선술집 발랄라이까[15] 연주자.

....
15 보통 세 줄로 구성된 러시아 현악기.

작은 키, 왜소하고 못생긴 외모. 간이 팽창되어 있음(알코올). 사망 원인—맥줏집(쁘레오브라젠스끼 교수 아파트의 초소 근처에 있는 '스톱-씨그널')에서 칼로 심장을 찔림.

노인네가 끌림의 질병 기록을 계속 들여다보고 있다. 무슨 일인지 난 잘 모르겠다. 그는 추군낀의 시체를 병리해부학적으로 검사하는 것을 사전에 미처 생각지 못한 것에 대해 뭐라고 투덜거렸다. 누구의 뇌하수체건 마찬가지가 아닌가?

1월 17일. 유행성 감기에 걸려 며칠간 기록을 못함. 이 기간 동안 샤리끄의 외모가 완전히 형성됨.
　a) 신체구조에 있어 완전한 인간
　б) 약 50킬로그램의 몸무게
　в) 작은 키
　г) 작은 머리
　д) 흡연을 시작하다
　e) 인간의 음식을 먹다
　ж) 스스로 옷을 입다
　з) 막힘없이 대화를 하다

바로 이러한 뇌하수체. (얼룩덜룩한 반점.)

이것으로 진료 기록을 마친다. 이제 우리 앞에는 새로운 유기체가 있으며, 처음부터 그를 관찰할 필요가 있다.

첨부: 대화 속기록, 녹음기의 녹취, 사진.

서명: Ф. Ф. 쁘레오브라젠스끼 교수의 보조 의사 보르멘딸리.

6

겨울 저녁이었다. 1월 말. 점심식사나 진료를 하기 전 시간. 진찰
실 출입문의 윗중방에 필리쁘 필리뽀비치가 직접 손으로 쓴 흰 종
이 한장이 매달려 있다.

'아파트 내에서 해바라기씨를 까먹는 것을 금지함. Φ. 쁘레오브
라젠스끼.'

보르멘딸리가 파란색 연필로 쓴 케이크 모양의 커다란 글씨체
도 있다.

'오후 5시부터 오전 7시까지 악기 연주를 금지함.'

그다음은 지나의 메모.

'돌아오시면 필리쁘 필리뽀비치에게 말해주세요. 그가 어디로 갔는지 전 모릅니다. 표도르 말로는 시본제르와 함께 있다고 합니다.'

쁘레오브라젠스끼의 메모.

'내가 유리 수선공을 백년이나 기다려야 할 것인가?'

다리야 뻬뜨로브나의 메모(인쇄체).

'지나가 수선공을 데려오겠다고 말하고 상점에 갔어요.'

명주 갓 밑의 램프 덕분에 식당 안은 완전히 저녁 분위기였다. 찬장 유리에 반사된 불빛은 두개의 빛으로 굴절되어 비추고 있고, 거울에는 흰색 테이프가 대각선 방향으로 붙어 있었다. 필리쁘 필리뽀비치는 책상에 기댄 채 커다란 신문지 한장을 펼쳐놓고 몰두해 있었다. 번개가 칠 때마다 얼굴이 일그러졌으며, 이빨 사이로 말꼬리가 흐려지며 속삭이는 듯한 소리가 간헐적으로 흘러나왔다. 그가 짧은 기사 한 대목을 읽었다.

'이 사람이 (타락한 부르주아 사회에서 표현되듯이) 비합법적으로 탄생된 그의 아들이라는 사실에 추호의 의심도 없다. 자, 우리의 사이비 부르주아 학자께서 어떤 재미에 빠져 있는지 보시오! 공정한 재판의 서슬 퍼런 칼날이 붉은 빛을 내며 번뜩인 후에도 그가 방 일곱개 전부를 차지할 수 있을 것인가! 시본……르.'

두개의 벽 너머에서 아주 집요하고도 능수능란한 솜씨로 발랄라이까가 연주되고 있었다. 「스베찌뜨 메샤쯔」[16]의 교묘한 변주 소리가 필리쁘 필리뽀비치의 머릿속에서 신문기사 내용과 함께 혐오스러운 죽처럼 뒤섞였다. 그는 신문을 다 읽은 후 어깨 너머로 마른 침을 내뱉고는 무의식적으로 입술을 웅얼거리며 노래를 부르기 시작했다.

"'달빛이 비-치-네…… 달빛이 비-치-네…… 달빛이 비-치-네……' 이런, 빌어먹을 멜로디가 입에 붙어버렸군!"

그가 벨을 눌렀다. 두꺼운 커튼 사이로 지나가 얼굴을 내밀었다. "이제 5시가 됐으니 연주를 멈추라고 해. 그리고 그자를 이리 오라고 해라."

필리쁘 필리뽀비치는 책상 옆 안락의자에 앉아 있었다. 왼쪽 손가락에는 갈색 씨가 꽁초가 삐죽 나와 있었다. 문의 윗중방에 드리워진 두꺼운 커튼 옆에 작고 못생긴 사내가 다리를 꼬고 서 있었다. 사내의 머리는 뿌리째 뽑힌 들판의 관목들처럼 머리카락이 뻣뻣하게 솟은데다 얼굴은 깎지 않은 솜털로 덮여 있었다. 이마는 놀랄 정도로 좁았다. 쓰다 버린 붓솔처럼 생긴 검은 눈썹 바로 위쪽에서부터 짙은 머리숱이 시작되었다.

왼쪽 겨드랑이 밑이 뜯어진 신사복에는 지푸라기가 잔뜩 붙어 있었고, 줄무늬 바지의 오른쪽 무릎에는 구멍이 나 있었으며, 왼쪽 바짓가랑이가 연보랏빛의 물감으로 얼룩져 있었다. 목에는 가

---

16 러시아 민속 노래이며, '달빛이 비치다'라는 의미를 가진다.

짜 루비 핀이 꽂힌 짙푸른색의 넥타이를 매고 있었는데, 그 색깔이
어찌나 선명하던지 이따금 피로한 눈을 감고 있던 필리쁘 필리뽀
비치는 천장이나 벽면이 모두 깜깜한 상태에서 마치 푸른색 후광
을 가진 타오르는 횃불을 보는 것 같았다. 눈을 뜨자 바닥으로부터
흰색 각반이 달린 래커 칠을 한 구두가 부채꼴 모양의 빛을 내뿜는
바람에 다시 아무것도 보이지 않았다.

'덧신을 신은 모양이군.' 필리쁘 필리뽀비치는 달갑지 않은 생각
이 들었다. 그는 숨을 들이켜 코로 세게 내쉰 다음 불 꺼진 씨가를
만지작거리기 시작했다. 문가에 서 있던 사내가 흐릿한 눈으로 교
수를 쳐다보았다. 사내는 와이셔츠 가슴팍에 재를 털며 궐련을 피
우고 있었다.

들꿩 나무장식 옆에 있던 벽시계가 5시를 알렸다. 필리쁘 필리
뽀비치가 얘기를 시작하자 벽시계 속에서 뭔가 울리는 소리가 다
시 흘러나왔다.

"부엌 선반 위에서 자지 말라고 내가 두번이나 말한 것 같은데,
특히 낮에는 말이야?"

사내가 과일씨가 목에 걸린 것처럼 쉰 소리로 기침을 한 다음 대
답했다.

"부엌 안 공기가 더 좋은데요."

사내의 목소리가 평범치 않았다. 약간 둔탁하면서도 마치 작은
나무통에서 울려나오는 소리 같았다.

필리쁘 필리뽀비치가 고개를 좌우로 저으면서 물었다.

"그 허섭스레기는 대체 어디서 난 건가? 넥타이 말이야."

사내가 필리쁘 필리뽀비치가 가리키는 손가락을 따라 시선을 돌렸다. 그러고는 삐죽 내민 입술 너머로 눈을 흘기더니 넥타이를 정겹게 바라보며 이렇게 말했다.

"뭐가 '허섭스레기'라는 거죠? 멋진 넥타인데. 다리야 뻬뜨로브나가 선물로 줬지요."

"자네 구두처럼 눈꼴사나운 그 넥타이가 다리야 뻬뜨로브나의 선물이란 말이지. 이런 터무니없는 일이 있나? 대체 어디서 난 거야? 내가 뭐라고 했어? 좀 얌전한 구두를 사라고 했지. 그런데 이게 뭔가? 정말로 닥터 보르멘딸리가 이런 물건을 골랐단 말이야?"

"내가 그에게 래커 칠 한 구두를 사달라고 했죠. 뭐, 내가 인간들보다 못나기라도 했나요? 꾸즈네쯔끼 거리에 한번 가봐요, 죄다 래커 칠 한 구두를 신었는데."

필리쁘 필리뽀비치가 고개를 절레절레 흔들더니 단호하게 말했다.

"부엌 선반 위에서 자는 건 금지야, 알겠어? 이 무슨 뻔뻔하고 무례한 행위냔 말이야! 그곳엔 여자들이 있고 넌 방해만 될 뿐이야."

사내의 안색이 어두워지더니 입술을 삐죽 내밀었다.

"여자들이라…… 자, 생각해봐요, 그들이 무슨 귀족 부인이라도 되는지. 그저 평범한 하녀 주제에 마치 대표위원 부인처럼 거만하게 군다니까요. 이건 모두 진까[17]의 중상모략이지요."

---

17 지나의 애칭. 애칭은 원래 가까운 사람들이 친근하게 부르는 말.

그러자 필리쁘 필리쁘비치가 엄하게 쳐다보며 말했다.

"지나를 진까라고 부르지 마. 알겠나?"

사내는 침묵했다.

"알아들었는지 내가 묻잖아?"

"알았다고요."

"볼썽사나운 그 물건을 목에서 떼. 자네의…… 너의…… 자네 꼴이 어떤지 거울로 한번 보란 말이야. 이 무슨 광대놀음인가. 담배꽁초를 바닥에 버리지 말라고 수없이 당부했지. 아파트 안에서 더이상 욕지거리가 들리지 않게 하라고 했지! 그리고 아무 데나 침을 뱉어선 안돼! 여기 침 뱉는 통이 있어. 오줌을 누는 것도 소변 통에 정확하게 하란 말이야. 그리고 지나와의 대화를 일절 금지하겠어. 지나가 고통을 호소하고 있어. 자네가 어둠 속에 숨어서 몰래 훔쳐 본다고 말이야. 두고 보겠어! 환자로 온 손님에게 '개나 알겠지!'라는 불량한 언사를 누가 쓰는지? 도대체 너는 이곳이 정말 술집이라도 되는 줄 아는 거야?"

사내가 갑자기 울먹거리며 말했다.

"아빠, 당신은 너무 심하게 날 구박하는군요."

갑자기 필리쁘 필리쁘비치의 얼굴이 시뻘겋게 달아오르고, 안경이 번쩍거렸다.

"누가 네 아빠란 말이야? 이 무슨 예의 없는 태도야? 난 더이상 그런 말을 듣고 싶지 않아! 날 부를 때는 이름과 부칭을 써!"

그러자 사내에게서 거친 표현들이 쏟아지기 시작했다.

"그래, 당신은 항상 그랬어…… 침 뱉지 마라, 담배 피우지 마라, 저리로 가지 마라…… 이게 정말 뭐야? 여기가 전차 안이라도 되는 모양이군. 어째서 날 못살게 구는 거지?! 그리고 '아빠'란 단어와 관련해서 이건 순전히 당신 잘못이야. 내가 수술해달라고 청한 적이나 있낟 말이야?"

사내가 흥분해서 계속 짖어댔다.

"그래, 정말 멋들어진 일이야! 나 같은 동물을 잡아다가 칼로 머리를 길쭉하게 잘라서 줄무늬처럼 만들어놓고는 이제 와서 이렇게 경멸한단 말이지. 난 수술을 허락한 적이 없어. 마찬가지로……(사내가 무슨 간단한 공식이라도 기억해내려는 듯 천장 쪽으로 눈을 돌렸다) 내 친척들도 허락한 적이 없어. 따라서 난 손해배상을 청구할 권리가 있단 말이야."

필리쁘 필리뽀비치의 눈이 완전히 휘둥그레지고, 손에 있던 씨가가 바닥에 떨어져 굴렀다. '이 녀석은 정말 위험한 놈!'이라는 생각이 그의 머릿속을 스쳐지나갔다.

필리쁘 필리뽀비치가 가늘게 실눈을 뜨고 물었다.

"너를 인간으로 변형시킨 게 불만이란 말이군? 그렇다면 예전처럼 구정물통이나 뒤지며 떠돌아다니기를 원하는 건가? 개구멍 속에서 얼어죽겠다는 거지? 내가 진작 알았더라면……"

"왜 당신은 구정물통, 구정물통 하면서 날 꾸짖기만 하는 거지? 난 먹고 살 빵 조각을 구하려고 한 것뿐이야. 만약 내가 당신 칼에 죽었다면? 당신은 이걸 뭐라고 설명할 거지, 동무?"

화가 치밀어오른 필리쁘 필리쁘비치가 버럭 소리를 질렀다.

"필리쁘 필리쁘비치로 부르란 말이야! 그리고 난 너 같은 녀석에게 동무가 아니야! 정말 어처구니가 없군!"

필리쁘 필리쁘비치는 '악몽, 정말 악몽!'이라는 생각이 들었다.

사내가 꼬고 있던 한쪽 다리를 풀고 우월감에 찬 모습으로 비꼬듯이 말했다.

"아, 물론이지, 어떻게 우리가…… 이해하고말고. 어떻게 우리가 당신에게 동무가 될 수 있겠어? 우린 삐치까도 못 받았고, 욕실이 딸린 방 열다섯개짜리 아파트에 살아본 적도 없는데. 하지만 이제 그런 생각을 버려야 할 때가 됐어. 이 시대엔 모든 사람이 각자의 권리를 가지고……"

필리쁘 필리쁘비치는 얼굴이 창백해진 채로 그가 떠드는 얘기를 듣고 있었다. 그때 사내가 말을 멈추더니 이빨로 씹어 쭈글쭈글해진 궐련을 손에 들고 마치 시위라도 하는 듯 재떨이 쪽으로 걸어갔다. 걸음걸이가 비틀거렸다. 그는 조개껍질 모양의 재떨이에 한참 동안 꽁초를 비벼 끄면서 분명한 소리로 "봐! 보란 말이야!"라고 외쳤다. 그는 궐련을 끈 후 제자리로 돌아오다가 갑자기 이빨로 딱딱 소리를 내더니 자신의 겨드랑이 밑에 코를 쑤셔박았다.

그러자 필리쁘 필리쁘비치가 격분하여 소리를 질렀다.

"벼룩은 손가락으로 잡으란 말이야! 손가락으로! 정말 이해할 수 없군. 도대체 벼룩을 어디서 옮아오는 거야?"

사내가 화가 나서 말했다.

"아니 무슨, 내가 벼룩을 번식시키기라도 한다는 거야? 하긴 뭐 분명한 건, 벼룩들은 확실히 날 좋아한다는 사실이지."

그러고는 손가락을 소매 속으로 집어넣어 겨드랑이 밑의 안감을 뒤적거리더니 불그스레한 솜뭉치를 밖으로 끄집어냈다.

필리쁘 필리뽀비치는 천장의 꽃 장식 쪽으로 시선을 돌린 채 손가락으로 책상을 두드리기 시작했다. 마침내 사내가 벼룩을 다 죽인 후 옆으로 비켜나더니 의자에 앉았다. 이때 그는 양복 깃을 따라 양손을 아래로 늘어뜨린 채 마룻바닥 위의 바둑판무늬를 계속 곁눈질하고 있었다. 그는 자신의 장화를 유심히 쳐다보고 있었는데, 이것이 그에게 무척이나 만족감을 주는 것 같았다. 필리쁘 필리뽀비치가 사내의 뭉툭한 장화 코끝에서 빛나는 밝은 반점들을 쳐다보고는 눈을 가늘게 뜨고 말하기 시작했다.

"내게 또 말하고 싶은 용건이 있는가?"

"용건이라! 뭐, 단순한 용건이지요. 필리쁘 필리뽀비치, 내겐 등록증이 필요해요."

필리쁘 필리뽀비치의 얼굴이 살짝 일그러졌다.

"흐음…… 빌어먹을! 등록증이라! 실제로…… 흐음…… 혹시, 어떻게든 다른 방법은 없는 건가……"

그의 목소리가 자신감 없이 우울하게 울렸다. 그러자 사내가 확신에 찬 목소리로 대답했다.

"무슨 그런 말을, 당치도 않아. 어떻게 등록증이 없이 가능하단 말이야? 미안하지만, 당신도 알다시피 등록증이 없는 사람은 생활이 엄격하게 금지되어 있지요. 첫째, 주택관리위원회가……"

"왜 갑자기 주택관리위원회가 나오는 거지?"

"왜라뇨? 만나기만 하면 그들은 '매우 존경하는 동무, 당신은 언제 등록을 할 거요?'라고 묻는단 말이에요."

필리쁘 필리뽀비치가 음울하게 소리쳤다.

"오, 네가, 맙소사! 그들을 만나 질문을 하고 다닌단 말이지. 네가 뭐라고 떠들고 다닐지 상상이 가는군. 내가 쓸데없이 돌아다니지 말라고 하지 않았나!"

깜짝 놀란 사내가 말뜻을 제대로 알아차리고는 얼굴이 벌겋게 달아올랐다.

"아니, 내가 유형수라도 됩니까? '쓸데없이 돌아다니다니', 어떻게 그런 말을? 당신의 말은 아주 모욕적이군요. 모든 사람들이 다니듯이 그렇게 나도 다니는 것뿐이란 말이오."

사내가 래커 칠을 한 장화를 신고 마룻바닥 위를 비틀거리며 걸었다.

필리쁘 필리뽀비치는 잠자코 있었다. 그의 시선은 이미 옆으로 돌아가 있었다. '어쨌든 참아야지'라고 생각하고는 찬장 쪽으로 다가가서 물 한 컵을 단숨에 들이켰다.

"아주 멋지군."

마음을 좀 가라앉힌 필리쁘 필리뽀비치가 다시 말을 시작했다.

"하지만 문제가 말투에 있는 건 아니니까. 그건 그렇다 치고, 자네의 그 매력적인 주택관리위원회가 뭐라고 하던가?"

"도대체 무슨 말을 해야 할지…… 왜 당신은 매력적이니 뭐니 하면서 주택관리위원회를 욕하는 거요? 주택관리위원회는 이익을 지켜주고 있단 말이오."

"그럼 말해보게. 누구의 이익을 지켜준다는 거지?"

"누구의 이익인지는 이미 알려진 사실이오. 바로 노동자의 이익이니까."

필리쁘 필리뽀비치가 눈을 부릅떴다.

"어째서 자네가 노동자지?"

"이미 알려진 사실이오. 난 네쁘만[18]이 아니니까."

"으음, 알겠네. 그런데 자네의 그 혁명적 이익을 지키는 데 있어 주택관리위원회가 필요로 하는 것은 뭔가?"

"알다시피 날 거주등록시키는 거요. 모스끄바에 거주등록 없이 사는 자를 본 적이 있냐고 그들이 말하더군요. 이게 첫번째 일이고, 사실 가장 중요한 것은 병적등록증이오. 난 병역 의무를 회피하는 사람이 되고 싶지는 않아요. 그외에도 노동조합, 직업소개소……"

"내가 어디에다 자넬 등록해야 할지 알려주겠나? 이 식탁보에? 아니면 내 여권에? 상황이란 걸 고려해야지! 그리고 이걸 잊지 말게, 자넨 말이야…… 에…… 음…… 말하자면, 자넨 갑자기 나타난 존재, 실험실적인 존재란 말이야."

필리쁘 필리뽀비치가 점점 자신이 없는 투로 말했다.

---

18 네쁘(1921~27년의 소련 신경제정책)에 의해 벼락부자 된 사람을 의미한다.

반면 사내는 우월감으로 가득 찬 채 잠자코 있었다.

"좋아. 그렇다면 자네의 그 주택관리위원회 계획에 따라 등록을 시키고 모든 것을 제대로 만들자면 결국 필요한 것이 뭔가? 자넨 이름이나 성도 없는데 말이야?"

"당신 말은 공정하지 않아요. 난 말이죠, 완전히 자유롭게 내 이름을 선택할 수 있고, 그 이름을 신문에 인쇄해버리면 그걸로 끝이란 말이오."

"그렇다면 이름은 뭐로 하겠나?"

사내가 넥타이를 고쳐 매고 대답했다.

"뽈리그라프 뽈리그라포비치."[19]

"바보 같은 소리 마."

필리쁘 필리뽀비치가 얼굴을 찌푸리며 대답했다.

"지금 난 자네하고 진지하게 대화를 하고 있어."

사내의 콧수염이 독살스러운 냉소로 인해 살짝 일그러졌다.

"이해할 수가 없군."

사내가 즐거워하며 의미심장하게 말하기 시작했다.

"난 욕을 해도 안돼, 침을 뱉어도 안돼…… 그런데 당신에게 '바보, 바보'라는 소리만 듣고 있으니. 아마도 러시아 연방에선 교수들에게만 욕이 허용되는 모양이군."

필리쁘 필리뽀비치의 눈에 핏발이 섰다. 그가 물을 따르던 컵을

----

19 '뽈리그라프'는 러시아어로 '복사기, 등사기'라는 의미를 가진다.

깨뜨려버렸다. 잠시 후 그는 다른 컵에 물을 따라 마시고 나서 생각을 했다. '조금 더 지나면 이 녀석이 날 가르치려 들겠군. 그리고 그의 말이 완전히 옳은 것처럼 되겠어. 정말로 스스로 나 자신을 진정시킬 수가 없군.'

필리쁘 필리뽀비치가 의자로 돌아오더니 지나칠 정도로 예의 바르게 몸을 숙이며 강철같이 단단하고 야무진 목소리로 말했다.

"미안하네만, 내가 신경이 많이 쇠약해졌네. 그런데 자네 이름이 내겐 무척 이상하게 여겨진단 말이야. 대체 그런 이름을 어디서 찾아냈는지 흥미롭군."

"주택관리위원회가 도와줬지요. 달력을 보고 찾으면서 어떤 이름을 줄까 하고 묻기에 내가 이 이름을 선택했죠."

"그 어떤 달력에도 그런 식의 이름은 없네."

"정말 놀랍군요."

사내가 쓴 미소를 지었다.

"당신의 진찰실에도 걸려 있는걸요."

필리쁘 필리뽀비치가 앉은 채로 벽지 위의 스위치를 향해 몸을 젖혔다. 벨이 울리자 지나가 나타났다.

"진찰실 달력을 가져오너라."

잠시 침묵이 흘렀다. 지나가 달력을 가져오자 필리쁘 필리뽀비치가 물었다.

"어디에 있지?"

"3월 4일이 경축일이죠."

"보여주게…… 음…… 빌어먹을…… 지나, 이걸 당장 **뻬치**까 속
에 던져버려."

깜짝 놀라 눈이 휘둥그레진 지나가 달력을 들고 밖으로 나가자
사내가 비난의 눈초리를 지으며 고개를 가로저었다.

"그럼 성**姓**은 어떻게 되지?"

"성은 전에 쓰던 걸 그대로 이어쓰기로 했지요."

"뭐? 전에 쓰던 거라? 도대체 뭐지?"

"샤리꼬프."[20]

가죽재킷을 입은 주택관리위원회 시본제르 위원장이 집무실 책
상 앞에 서 있었다. 닥터 보르멘딸리는 안락의자에 앉아 있었다. 추
위로 빨개진 볼엔 (그는 지금 막 돌아왔다) 옆에 있는 필리쁘 필리
뽀비치와 마찬가지로 당황한 기색이 역력했다.

이때 필리쁘 필리뽀비치가 참지 못하고 물었다.

"어떻게 쓰면 되겠소?"

시본제르가 말하기 시작했다.

"이게 말이죠, 문제는 간단합니다. 확인서를 쓰시죠, 시민 교수
님. 이게 그, 말하자면 그런데…… 이 서류의 제출자가 실제로 샤리
꼬프 뽈리그라프 뽈리그라포비치이며, 음…… 그것이, 그는 당신
의 아파트에서 탄생했다는……"

---

20 '샤리끄'라는 이름에 러시아 성을 만드는 어미(-ob)를 붙여 '샤리꼬프'가 만들
   어진 것.

안락의자에 앉아 있던 보르멘딸리가 당황하여 몸을 살짝 움직였다. 필리쁘 필리뽀비치가 콧수염을 잡아당기며 말했다.

"음…… 이런 젠장! 이보다 멍청한 짓거리는 상상조차 할 수 없군. 그자는 전혀 태어난 것이 아니란 말이오, 그냥…… 한마디로 말해서……"

"그건 당신의 문제지요."

시본제르가 남의 고통이 즐거운 듯 태연한 목소리로 말했다.

"태어났건 아니건 간에…… 전체적으로 보자면, 당신이 수술을 한 겁니다, 교수님! 당신이 시민 샤리꼬프를 창조했단 말입니다."

"그것도 아주 간단히 말이죠."

샤리꼬프가 책장 근처에서 지껄였다. 그는 거울 속 깊숙이 비치는 자신의 넥타이를 들여다보고 있었다.

필리쁘 필리뽀비치가 퉁명스럽게 말했다.

"내가 누누이 말했지! 남의 대화에 끼어들지 말라고. 자넨 함부로 '아주 간단히'라고 말하지만, 이건 그리 간단한 일이 아니란 말이야."

"어째서 내가 끼어들면 안되죠?"

샤리꼬프가 화가 나서 투덜거렸다. 그러자 시본제르가 즉시 그의 입장을 지지하고 나섰다.

"미안합니다만, 교수님, 시민 샤리꼬프가 전적으로 옳습니다. 이건 그의 권리입니다. 자신의 고유한 운명, 특히 이 문제가 거주등록증과 관련이 있기 때문에, 자신의 운명을 논의하는 데 참여하는 것은 당연한 권리죠. 거주등록증은 이 세상에서 가장 중요한 것입니다."

이때 귀청이 떨어질 정도로 요란한 전화벨 소리가 울려 대화를 중단시켰다. 필리쁘 필리뽀비치가 수화기에 대고 "네……"라고 말하더니, 잠시 후 얼굴이 뺄게지면서 소리치기 시작했다.

"이런 사소한 일로 나를 찾지 마시오. 그게 당신과 무슨 상관이란 말이오?"

그러고는 뿔 모양의 고리 위로 수화기를 힘껏 내던졌다.

시본제르의 얼굴에 묘한 기쁨의 미소가 번졌다.

얼굴색이 적자색으로 변한 필리쁘 필리뽀비치가 큰 소리로 말했다.

"한마디로 말해, 이제 이 문제는 끝을 냅시다."

그는 서류철에서 종이 한장을 찢어내어 몇 글자를 휘갈겨 쓴 다음 흥분한 목소리로 읽었다.

"'이것을 보증한다……' 제기랄 이게 뭐란 말인가…… 음…… '이 서류의 제출자-인간은 대뇌수술 방법에 의한 실험실적인 시술로 창조되었으며, 서류를 필요로 한다……' 빌어먹을! 난 정말 이런 바보 같은 서류를 발급하는 것에 반대란 말이오. 서명— '쁘레오브라젠스끼 교수'"

그러자 시본제르가 화를 내며 말했다.

"정말 이상하군요. 교수님! 어째서 당신은 거주등록증을 바보 같다고 하는 거죠? 거주등록증 없이, 게다가 경찰에 병적등록도 되지 않은 주민이 아파트에 거주하는 것을 난 허용할 수 없습니다. 게다가 갑자기 제국주의 약탈자들과 전쟁이라도 나면 어쩐단 말입니까?"

그때 갑자기 샤리꼬프가 얼굴을 찡그리며 투덜거렸다.

"싸우기 위해서라면 난 아무 데도 가지 않겠어!"

잠시 정신이 멍해진 시본제르가 급히 샤리꼬프에게 다가가서 정중하게 말했다.

"시민 샤리꼬프 씨, 당신은 상당히 무책임하게 말하는군요. 병적 등록은 반드시 해야 합니다."

"병적등록은 하겠어. 하지만 싸움질은—엿이나 먹으라지."

샤리꼬프가 목에 맨 나비 리본을 고쳐매면서 적의 어린 목소리로 대답했다.

그러자 이번엔 시본제르가 당황을 했다. 필리쁘 필리뽀비치와 보르멘딸리는 서로 매섭고도 침울한 눈빛을 교환하면서 '참 제멋대로의 도덕 윤리'라고 생각했다. 보르멘딸리가 의미심장하게 고개를 끄덕였다.

샤리꼬프가 얼굴을 찡그리며 낮은 소리로 말했다.

"수술 중에 내 몸이 심하게 상했단 말이야. 보시오, 날 어떤 지경으로 만들어놨는지."

그러고는 자신의 머리를 가리켰다. 최근의 수술 자국이 이마를 가로로 빙 둘러서 그대로 남아 있었다.

시본제르가 눈썹을 치켜뜨고 물었다.

"당신은 무정부주의자에다 개인주의자입니까?"

그의 질문에 샤리꼬프가 이렇게 대답했다.

"내겐 병역면제증을 줘야 해요."

놀란 시본제르가 응답했다.

"뭐, 좋소이다. 아직은 중요한 문제가 아니니까. 확실한 것은, 우리가 교수의 확인서를 경찰에 보내면 당신에게 등록증이 발급된다는 것이오."

그때 갑자기 필리쁘 필리뽀비치가 말을 가로막았다. 그가 어떠한 생각으로 인해 괴로워하고 있음이 분명했다.

"그게, 저…… 당신의 아파트에 혹시 남는 방은 없소? 내가 구입할 용의가 있소이다."

시본제르의 갈색 눈에 노란 섬광이 번뜩거렸다.

"아뇨, 아주 유감스럽게도 없습니다, 교수님. 앞으로도 기대할 수 없는 일이지요."

필리쁘 필리뽀비치는 입술을 꼭 다물고 아무 말도 하지 않았다. 다시 요란한 전화벨 소리가 울렸다. 필리쁘 필리뽀비치가 더이상 묻지 않고 아무 말도 하지 않은 채 뿔 모양의 고리에 걸려 있던 수화기를 집어던졌다. 그 바람에 수화기가 잠시 빙글빙글 돌다가 푸른색 전화줄에 대롱대롱 매달렸다. 모두들 두려움에 몸을 떨었다. '노인네가 신경이 곤두섰군!' 하고 보르멘딸리가 생각했다. 시본제르가 눈을 번뜩이다가 인사를 하고 밖으로 나갔다.

샤리꼬프가 장화구두 가장자리로 삐걱거리는 소리를 내면서 그의 뒤를 따라나갔다.

교수와 보르멘딸리 둘만 남았다. 잠시 침묵하고 있던 필리쁘 필리뽀비치가 가볍게 고개를 젓더니 이렇게 말했다.

"이건 정말 악몽이야. 자네 봤는가? 친애하는 의사 선생, 맹세컨대, 난 지난 14년보다 최근 2주일 동안에 더 지쳐버렸네! 정말 위험한 녀석이야. 게다가……"

그때 멀리서 유리창 깨지는 소리가 공허하게 울렸다. 이어서 짓눌린 여자의 비명 소리가 짤막하게 들리더니 금방 사그라졌다. 어떤 악마가 복도 벽을 따라 우당탕거리며 진찰실 쪽으로 향하더니, 뭔가에 쿵 하고 부딪치고는 순식간에 되돌아서 날듯이 달아났다. 쾅 하는 문소리가 나고, 부엌에서 다리야 뻬뜨로브나의 낮은 비명 소리가 울렸다. 잠시 후 샤리꼬프가 울부짖기 시작했다.

"맙소사, 이건 또 무슨 일이야!"

필리쁘 필리뽀비치가 문 쪽으로 달려가며 소리치기 시작했다.

"고양이다."

직감으로 알아차린 보르멘딸리가 그의 뒤를 따라 잽싸게 뛰어나갔다. 그들은 복도를 따라 현관 쪽으로 쏜살같이 나가서 복도 문을 열어젖히고 달려갔다. 현관에서 화장실과 욕실 쪽으로 향하는 복도 길은 구부러져 있었다. 그때 부엌에서 지나가 뛰쳐나오더니 필리쁘 필리뽀비치에게 바싹 달라붙었다.

"내가 고양이를 두지 말라고 몇번이나 지시했지!"

필리쁘 필리뽀비치가 미친 듯이 소리쳤다.

"그놈은 어디 있어? 이반 아르놀리도비치, 우선 대기실의 환자들부터 안심시켜주게, 제발!"

"욕실에, 바로 욕실 안에 그 저주스러운 악마가 있어요."

숨을 헐떡이며 지나가 소리쳤다.

필리쁘 필리뽀비치가 달려들어 욕실 문을 열려고 했으나 열리지 않았다.

"어서 열어!"

그러나 문이 열리는 대신에 뭔가가 욕실 벽을 따라 뛰어오르는 소리가 들리고, 곧이어 세면대가 부서지는 소리와 사나운 샤리꼬프의 목소리가 문 너머에서 공허하게 울려왔다.

"이놈을 당장 죽여버리겠어……"

수도 파이프를 따라 물 쏟아지는 소리가 요란하게 들려왔다. 필리쁘 필리뽀비치가 달려들어 욕실 문을 힘껏 잡아당기기 시작했다. 땀범벅이 된 다리야 뻬뜨로브나가 일그러진 얼굴로 부엌 문지방에 나타났다. 잠시 후 욕실 천장 바로 밑에서 부엌으로 연결된 유리창에 벌레 모양의 균열이 생기더니 유리 조각 두개가 떨어져 내리고, 뒤이어 호랑이 줄무늬에다 마치 순경처럼 푸른색의 나비 리본을 목에 맨 커다란 고양이가 아래로 떨어졌다. 고양이는 탁자에 놓인 기다란 접시 위에 떨어져서 접시를 세로로 두 동강을 낸 후 다시 바닥으로 뛰어내렸다. 그런 다음엔 뒤로 돌아 세 발로 서서 마치 춤을 추듯 오른쪽 앞발을 흔들어대더니 계단 뒤쪽의 좁은 틈 속으로 기어들어갔다. 그러자 틈이 넓게 벌어지면서 어느새 고양이가 사라지고 대신 스카프를 두른 노파가 나타났다. 흰색 물방울무늬 치마를 입은 노파가 부엌에 나타난 것이다. 노파는 푹 꺼진 자신의 주둥이를 엄지와 집게손가락으로 문지르더니, 살짝 붓기가 있는 날카로운 눈으로 부엌을 둘러본 후 호기심에 찬 목소리로 말했다.

"오, 우리 주 예수님!"

얼굴이 창백해진 필리쁘 필리쁘비치가 부엌을 가로질러 다가와서 사납게 물었다.

"댁은 무슨 일이오?"

"말하는 개를 꼭 보고 싶어요."

노파가 아양을 떨며 대답한 후 성호를 그었다.

얼굴이 더욱 창백해진 필리쁘 필리쁘비치가 노파에게 바싹 다가가더니 가쁜 숨을 몰아쉬며 속삭였다.

"당장 부엌에서 꺼지시오!"

노파가 문 쪽으로 뒷걸음치며 화난 목소리로 말했다.

"상당히 불손하군요! 교수님."

"꺼지라고 하잖소!"

필리쁘 필리쁘비치가 반복해서 말했다. 그의 눈이 부엉이 눈처럼 둥그레졌다. 노파가 나가자 그는 자기 손으로 직접 뒷문을 쾅 닫아버렸다.

"다리야 뻬뜨로브나, 내가 누누이 말했지!"

다리야 뻬뜨로브나가 맨살이 드러난 팔에 주먹을 불끈 쥔 채 몸시 상심한 목소리로 대답했다.

"필리쁘 필리쁘비치. 저보고 어쩌란 말씀이세요? 온종일 들끓는 사람들을 상대하는 것만으로도 힘들어요."

욕실 안의 물은 여전히 둔탁하고 무서운 소리를 내고 있었지만, 샤리꼬프의 목소리는 더이상 들리지 않았다. 그때 닥터 보르멘딸리가 들어왔다.

"이반 아르놀리도비치, 흠…… 저쪽에 환자가 몇명이나 있는지 좀 알려주겠나?"

"열한명입니다."

보르멘딸리가 대답했다.

"모두 돌려보내게. 오늘은 진료를 하지 않겠네."

그러고는 손가락 마디뼈로 문을 두들기면서 소리쳤다.

"당장 나와! 왜 그 안에 틀어박혀 있는 거야?"

"구우–구우!"

불만에 찬 샤리꼬프의 대답 소리가 흐릿하게 흘러나왔다.

"이런 젠장……! 소리가 안 들리니 물을 잠그란 말이야."

"아우! 아우!"

"물을 잠그란 말이야! 대체 무슨 짓을 한 건지 알 수가 없군……"

극도로 흥분한 필리쁘 필리쁘비치가 소리를 질렀다.

지나와 다리야 뻬뜨로브나가 부엌문을 배깃이 열고는 얼굴을 빼꼼 내밀어 쳐다보았다. 필리쁘 필리쁘비치가 다시 한번 주먹으로 욕실 문을 쾅쾅 두들겼다.

"저기에 그가 있어요!"

부엌에서 다리야 뻬뜨로브나가 외치는 소리가 들려왔다.

필리쁘 필리뽀비치가 그쪽으로 쏜살같이 달려갔다. 천장 밑의 깨진 유리창을 통해서 부엌 쪽으로 내민 뽈리그라프 뽈리그라포비치의 얼굴이 보였다. 얼굴은 일그러지고 눈물이 글썽글썽했으며, 콧등을 따라 생긴 생채기에서 새빨간 피가 점점 짙게 흐르고 있었다.

"자네 미쳤어? 왜 안 나오는 거야?"

필리쁘 필리뽀비치가 물었다.

슬픔과 두려움에 가득 찬 샤리꼬프가 대답했다.

"갇혔단 말이에요."

"그럼 자물쇠를 열란 말이야. 자물쇠를 본 적도 없나?"

"안 열려요, 빌어먹을 놈의 자물쇠가!"

무척 당황한 목소리로 뽈리그라프가 대답했다.

"애고머니! 그가 자물쇠 안전장치를 잠갔나봐요!"

지나가 양손을 마주 치며 이렇게 외쳤다.

"거기 누르는 단추가 있지!"

필리쁘 필리뽀비치가 물소리보다 더 크게 소리를 내려고 힘껏 외쳤다.

"그 단추를 밑으로 누르란 말이야…… 밑으로 눌러! 밑으로!"

샤리꼬프의 모습이 사라지더니 1분 후 다시 창문에 나타났다.

"아무것도 안 보여요."

잔뜩 겁을 먹은 샤리꼬프가 창문에 대고 울부짖었다.

"그럼 램프를 켜. 녀석이 완전히 정신이 나갔군!"

그러자 샤리꼬프가 대답했다.

"망할 놈의 고양이 새끼가 램프를 깨뜨렸어요. 그래서 내가 그 추악한 놈의 다리를 잡으려다 그만 수도꼭지를 뽑았는데, 지금 찾을 수가 없어요."

세 사람 모두 놀라서 양손을 마주 치고는 그 상태로 멍하니 있었다.

5분가량 지난 후에 보르멘딸리, 지나 그리고 다리야 뻬뜨로브나가 욕실 문지방 곁에 둥그렇게 말아놓은 젖은 카펫 위에 나란히 앉아 있었다. 그들은 틈을 막으려고 욕실 문 밑에다 카펫을 받쳐놓고 엉덩이로 누르고 있었다. 수위 표도르가 다리야 뻬뜨로브나의 혼례용 초에 불을 붙여 든 채 나무 사다리를 타고 지붕창으로 기어올라갔다. 커다란 회색빛 새장 같은 지붕창 속에서 그의 엉덩이가 살짝 아른거리더니 이내 구멍 속으로 사라졌다.

"우…… 구-구!"

시끄러운 물소리 사이로 뭔가 소리치는 샤리꼬프의 목소리가 들렸다.

곧이어 표도르의 목소리가 들렸다.

"필리쁘 필리뽀비치, 어쨌든 문을 열어야겠어요. 물이 넘치게 한 다음 부엌 쪽에서 빼내시죠."

"열게!"

필리쁘 필리쁘비치가 화난 목소리로 외쳤다.

카펫 위에 앉아 있던 세 사람이 자리에서 일어나 욕실 문을 밀었다. 그러자 세찬 물결이 복도를 향해 쏟아져나왔다. 물결은 복도에서 세 갈래로 나뉘어 흘렀다. 한 갈래는 복도 맞은편 화장실 쪽으로 곧장, 다른 한 갈래는 오른편 부엌 쪽으로, 나머지 갈래는 왼편 현관 쪽으로 흘렀다. 지나가 물 튀기는 소리를 내며 껑충껑충 뛰어가더니 현관문을 쾅 하고 닫았다. 물이 복사뼈까지 차오르자 표도르가 알 수 없는 미소를 지으며 욕실 밖으로 나왔다. 마치 방수포를 뒤집어쓴 것처럼 온몸이 흘랑 젖어 있었다.

"겨우 틀어막았어요. 압력이 대단한데요."

그가 상황을 설명했다.

"녀석은 어디 있지?"

필리쁘 필리쁘비치가 이렇게 묻고는 욕설을 내뱉으며 한쪽 다리를 들었다.

"나오기 두려운 모양입니다."

표도르가 바보 같은 웃음을 지으며 설명했다.

"날 때릴 건가요, 아빠?"

욕실에서 울먹이는 샤리꼬프의 목소리가 흘러나왔다.

"바보 같은 놈!"

필리쁘 필리쁘비치가 짧게 대답했다.

치마를 무릎까지 걷어올린 맨종아리의 지나와 다리야 뻬뜨로브나, 그리고 바지를 걷어올린 맨발의 샤리꼬프와 표도르가 젖은 걸레로 부엌 바닥을 훔친 다음 더러운 양동이와 세면대에 대고 비틀어짰다. 잠시 잊고 두었던 삐치까에서 윙윙거리는 소리가 났다. 물은 뒷문을 통과해 계단 쪽으로 빠져나가면서 울림소리를 내더니 곧장 계단 틈 사이로 스며들어 지하실로 흘러내렸다.

보르멘딸리는 현관 마룻바닥에 생긴 물웅덩이 속에 뒤꿈치를 들고 서서 안전고리를 풀지 않은 채 문을 살짝 연 후 그 틈 사이로 환자들과 대화를 나누었다.

"오늘 진료는 없습니다. 교수님께서 몸이 편치 않으세요. 부탁입니다만, 문에서 좀 떨어지세요. 집의 수도 파이프가 터져서……"

그러자 문 너머에서 묻는 소리가 들려왔다.

"그럼 진료는 언제 합니까? 다만 1분만이라도……"

보르멘딸리가 구두 앞축에서 뒤축으로 옮겨선 후 대답했다.

"어쩔 수 없습니다. 교수님이 누워 계세요. 게다가 수도 파이프가 터졌어요. 내일 오세요. 지나! 지나! 이쪽에도 물을 닦아야겠다. 안 그러면 정문 계단 쪽으로 넘치겠어."

"걸레로는 안되겠어요."

지나의 말에 표도르가 대답했다.

"이제부터는 손잡이가 달린 컵으로 퍼냅시다. 당장."

계속해서 전화벨이 울려댔다. 보르멘딸리는 아예 구두창을 바닥에 댄 채로 물속에 계속 서 있었다.

"그럼, 수술은 언제 하죠?"

어떤 남자 환자의 질문 소리가 문 너머로 아주 가깝게 들렸다.

곧 그가 문틈으로 얼굴을 들이밀려고 애쓰고 있었다.

"수도 파이프가 터져서⋯⋯"

"난 덧신을 신고 지나가도 괜찮은데요⋯⋯"

푸르스름한 사람의 그림자가 다시 문 너머에 나타났다.

"불가능합니다. 내일 오세요."

"난 예약을 했습니다만."

"내일 오세요. 수도 파이프로 인해 큰 문제가 생겼습니다."

표도르가 의사의 발 근처에 생긴 물웅덩이 속에 몸을 웅크리고 앉아서 손잡이가 달린 컵으로 바닥을 긁고 있었다. 한편 생채기투성이의 샤리꼬프는 새로운 방법을 궁리했다. 그는 커다란 걸레를 둥글게 말더니 그 위에 배를 대고 엎드린 채 현관과 화장실 사이를 왔다 갔다 하며 밀고 다녔다.

화가 난 다리야 뻬뜨로브나가 말했다.

"뭐야, 이 도깨비야, 아파트를 온통 물 천지로 만들려는 거니? 어서 세면대에 물을 짜란 말이야."

그러자 샤리꼬프가 흙탕물에 젖은 걸레를 손으로 움켜쥐며 말했다.

"뭐하러 세면대에 짜. 물이 정문을 통해 바깥으로 빠질 텐데."

삐걱거리는 소리를 내며 복도에서 조그만 의자 하나를 내오자, 푸른색 줄무늬 양말을 신은 필리쁘 필리뽀비치가 몸을 펴서 균형을 잡고 그 위에 올라섰다.

"이반 아르놀리도비치, 이제 손님 응대는 그만하고 침실로 가게.

내가 구두를 내주겠네."

"괜찮습니다, 필리쁘 필리뽀비치. 별거 아닙니다."

"그럼 덧신이라도 신게."

"괜찮습니다. 이미 발이 젖어서 소용없습니다."

"오, 어떻게 이런 일이!"

필리쁘 필리뽀비치가 몹시 실망하여 말했다.

"정말 해로운 동물이지요!"

갑자기 샤리꼬프가 이렇게 말하고는 몸을 웅크린 채 접시를 손에 들고 밖으로 나왔다.

보르멘딸리가 문을 쾅 닫더니 더이상 참지 못하고 웃음을 터뜨렸다. 필리쁘 필리뽀비치의 콧구멍이 부풀어오르고 안경에서 불꽃이 일었다.

"자네 누구 얘길 하는 거지? 말해보게."

그가 의자 위쪽에서 내려다보며 샤리꼬프에게 물었다.

"고양이 말이에요. 정말 나쁜 놈이죠."

샤리꼬프가 눈을 힐끗거리며 대답했다.

"샤리꼬프, 난 정말 자네보다 더 뻔뻔한 존재를 본 적이 없어."

필리쁘 필리뽀비치가 깊이 숨을 들이쉬면서 말했다.

보르멘딸리가 낄낄거리며 웃고 있었다. 필리쁘 필리뽀비치가 말을 계속했다.

"자넨, 정말 뻔뻔한 놈이야. 감히 어떻게 그런 말을 할 수 있나? 이 모든 일을 자신이 저질러놓고도 또 그렇게…… 안돼! 도대체 이게 뭐란 말이야!"

이번엔 보르멘딸리가 묻기 시작했다.

"샤리꼬프, 내게 말해보시오. 앞으로 얼마나 더 고양이를 쫓아다닐 건지? 부끄러운 줄 아시오! 이건 정말 추악해! 야만인!"

샤리꼬프가 얼굴을 찌푸리며 대답했다.

"내가 왜 야만인이오? 난 전혀 야만인이 아니오. 고양이가 집 안에 있는 건 참을 수가 없단 말이오. 녀석은 늘 도둑질거리나 찾으러 다니지. 다리야의 부엌에서 잘게 간 고기나 처먹고 말이야. 그래서 내가 놈의 버릇을 가르치려 했던 거요."

그러자 필리쁘 필리뽀비치가 말했다.

"너 자신이나 가르쳐! 거울 속에 비친 네 얼굴을 보란 말이야."

"하마터면 눈을 잃을 뻔했군."

샤리꼬프가 더러운 젖은 손으로 한쪽 눈을 만지며 음울하게 대꾸했다.

물기를 먹어 까맣게 변했던 마룻바닥이 어느정도 말라가고 있었다. 모든 거울마다 욕실 수증기가 뽀얗게 덮여 있었고, 벨 소리도 더이상 울리지 않았다. 필리쁘 필리뽀비치는 붉은 염소가죽 단화를 신고 현관에 서 있었다.

"자, 받게, 표도르."

"대단히 감사합니다."

"당장 옷을 갈아입도록 하게. 그리고 다리야 뻬뜨로브나에게 가서 보드까를 한 잔 마시게."

표도르가 잠시 망설이더니 이렇게 말했다.

"정말로 감사합니다. 그런데 아직 한가지가 더 있습니다, 필리쁘 필리뽀비치. 죄송합니다만, 이런 말씀드리기가 솔직히 부끄럽지만, 다만 7호실 유리창 값을…… 샤리꼬프 씨가 돌을 던지는 바람에……"

"고양이에게?"

필리쁘 필리뽀비치가 어두운 표정으로 얼굴을 찌푸리며 물었다.

"집주인에게 던졌나봅니다. 그가 고소하겠다고 으름장을 놓습니다."

"빌어먹을!"

"샤리꼬프가 그 집 하녀를 껴안았고, 그러자 집주인이 그를 내쫓기 시작했죠. 그 바람에 싸움이 시작됐습니다."

"하느님 맙소사! 이런 일이 생기면 자넨 항상 바로 나에게 알려주게. 그래, 얼마가 필요한가?"

"1.5루블입니다."

필리쁘 필리뽀비치가 반짝반짝 빛나는 반 루블짜리 은화 세닢을 꺼내어 표도르에게 주었다.

"저런 파렴치한 놈 때문에 1.5루블이나 또 지불하게 되셨으니…… 이건 그가 직접……"

표도르의 분명치 않은 흐릿한 목소리가 문가에서 들려왔다.

필리쁘 필리뽀비치가 뒤로 돌아서더니 아무런 말 없이 입술을 깨문 채 샤리꼬프를 잡아채어 환자대기실 안에 집어넣은 후 열쇠로 잠가버렸다. 곧 샤리꼬프가 안에서 주먹으로 문을 쾅쾅 두드리기 시작했다.

"감히 문을 두드려!"

필리쁘 필리뽀비치가 몹시 불쾌한 목소리로 말했다.

"으음, 이건 정말…… 내 평생 이렇게 뻔뻔한 녀석은 본 적이 없어."

표도르가 의미심장하게 말했다.

그때 보르멘딸리가 갑자기 땅에서 솟듯이 벌떡 일어났다.

"필리쁘 필리뽀비치, 걱정하지 마십시오."

혈기왕성한 젊은 의사가 환자대기실 문을 열고 안으로 들어갔다. 곧 안에서 그의 목소리가 들려왔다.

"당신 뭐야? 여기가 선술집인 줄 알아?"

"그렇지…… 바로 그거야…… 귀싸대기를 갈겨야지……"

단단히 혼내주길 바랐던 표도르가 말했다.

"표도르, 자네……"

필리쁘 필리뽀비치가 슬픈 목소리로 웅얼거렸다.

"용서하십시오, 필리쁘 필리뽀비치. 교수님이 안타까워서 그렇습니다."

7

"아니, 아니, 안돼! 냅킨을 제대로 착용하시오."

보르멘딸리가 완고하게 말했다.

"꼭 그렇게까지 할 필요가……"

샤리꼬프가 불만스럽다는 듯 투덜댔다.

"고맙네, 의사 선생. 난 이제 잔소리하기도 지쳤다네."

필리쁘 필리뽀비치가 부드럽게 말했다.

"어쨌든 냅킨을 제대로 착용하지 않으면 식사를 허락하지 않겠소. 지나, 샤리꼬프의 마요네즈를 치우도록 해."

"'치우다'니, 어째서?"

실망한 샤리꼬프가 말했다.

"당장 냅킨을 착용하리다."

샤리꼬프가 왼손으로는 지나가 음식을 치우지 못하게 감싸고, 오른손으로는 옷깃 안으로 냅킨을 집어넣었다. 그러자 그 모습이 마치 이발소의 손님과 흡사하게 되었다.

"그리고 포크를 사용하시오."

보르멘딸리가 덧붙여 얘기했다.

샤리꼬프가 길게 한숨을 내쉬더니 진한 쏘스 속에 담긴 철갑상어 조각들을 건지기 시작했다.

"난 보드까를 한 잔 마셔야지?"

샤리꼬프가 마치 질문하듯 자신의 뜻을 밝혔다. 그러자 보르멘딸리가 말했다.

"그만 마시면 안되겠소? 요즘 당신은 보드까에 너무 의지하고 있어요."

"보드까가 아까운 거요?"

샤리꼬프가 되물으며 눈을 흘겼다.

"그런 바보 같은 소리를……"

필리쁘 필리쁘비치가 단호하게 말하며 끼어들었다. 그러자 보르멘딸리가 그의 말을 가로막았다.

"걱정 마세요, 필리쁘 필리쁘비치, 제가 하겠습니다. 샤리꼬프, 당신은 헛소리를 지껄이고 있소. 게다가 더 불쾌한 것은 그 헛소리를 아주 단호하게 그리고 확신에 차서 한다는 것이오. 물론 나는 보드까가 아깝지 않소. 더구나 그건 내 것이 아니라 필리쁘 필리쁘비치의 것이니까. 사실 보드까는 몸에 해롭소. 이게 첫번째고, 두번째는 당신이 보드까를 마시지 않고도 몰염치한 행동을 한다는 거요."

보르멘딸리가 종이를 붙여서 단단히 봉해놓은 찬장을 가리켰다.

"지나, 내게 생선 요리를 더 다오."

교수가 말했다.

그사이 샤리꼬프가 손을 뻗어 목이 긴 술병을 잡더니 보르멘딸리를 곁눈질하면서 술잔에 따랐다. 그러자 보르멘딸리가 말했다.

"그럼 다른 제안을 하겠소. 자, 이렇게 합시다, 먼저 필리쁘 필리뽀비치에게 따르고, 다음엔 내게, 그리고 마지막으로 당신 자신에게 따르시오."

분명히 비웃는 듯한 미소가 샤리꼬프의 입가에 살짝 내비쳤다. 그가 술잔에 보드까를 따르며 말했다.

"여기 당신 아파트에선 모든 게 마치 열병식을 하는 것 같군요. 냅킨은 저리로, 넥타이는 이리로, '미안합니다' '그러시죠 ─ 감사합니다', 한데 진실을 들여다보면 그렇질 않죠. 당신들은 마치 황제시대 때처럼 자신들을 괴롭히고 있지요."

"'진실을 들여다본다'는 건 어떤 거지? 대답해보게."

샤리꼬프가 필리쁘 필리뽀비치의 질문엔 아무런 대답도 하지 않고 술잔을 들어올리더니 이렇게 말했다.

"바라건대, 모든 것이……"

"당신에게도 같은 결과가 있기를."

보르멘딸리가 약간 다소 비꼬는 투로 대답했다.

샤리꼬프가 술잔에 담긴 보드까를 한입에 툭 털어넣고 얼굴을 찡그렸다. 그러고는 빵 조각을 코에 갖다대고 냄새를 맡은 후 꿀꺽 삼켰다. 그 바람에 그의 눈에서 눈물이 났다.

"대-단-한 전문가야!"

갑자기 필리쁘 필리뽀비치가 마치 졸다가 깬 것처럼 단어 사이를 조금씩 끊어서 얘기했다.

보르멘딸리가 놀라서 곁눈질로 힐끔거리며 말했다.

"제 잘못입니다……"

"대단한 전문가야!"

필리쁘 필리뽀비치가 반복해서 말하고는 슬픈 듯이 고개를 가로저었다.

"어쩔 수가 없군. 끌림이야."

보르멘딸리가 비상한 관심을 가지고 필리쁘 필리뽀비치의 눈을 날카롭게 응시했다.

"그렇게 추측하십니까, 필리쁘 필리뽀비치?"

"추측이 아니라 확신하네."

"정말로……"

보르멘딸리가 말을 시작해놓고는 샤리꼬프를 곁눈질하더니 하던 말을 멈췄다.

그러자 샤리꼬프가 뭔가 의심스럽다는 듯이 얼굴을 찌푸렸다.

"제터(Säter)[21]……"

필리쁘 필리뽀비치가 나지막한 소리로 말했다.

"굿(Gut)[22]."

조수가 대답했다.

잠시 후 지나가 칠면조 요리를 가지고 들어왔다. 보르멘딸리가 필리쁘 필리뽀비치에게 적포도주를 따른 다음 샤리꼬프에게도 권했다.

"싫소. 난 보드까를 마시는 게 더 낫겠소."

곧 샤리꼬프의 얼굴이 번들거리기 시작하고, 이마엔 땀이 났으며, 기분이 좋아졌다. 필리쁘 필리뽀비치도 포도주를 마신 이후에 마음이 좀 누그러졌다. 눈이 맑아졌으며, 마치 하얀 크림 속에 빠진 파리처럼 흰색 냅킨을 두르고 앉아 있는 샤리꼬프를 좀더 호의적인 시선으로 바라보았다.

술로 원기를 북돋운 보르멘딸리 역시 활동적인 경향을 드러냈다.

"자, 오늘 저녁에 우린 어떤 계획을 세울까요?"

그가 샤리꼬프에게 물었다. 샤리꼬프가 눈을 깜박이며 대답했다.

"써커스 보러 갑시다. 그게 제일 좋소."

"내 생각에, 매일 써커스를 보는 건 너무 지겨운 일이야. 내가 자네라면 한번이라도 극장에 다녀왔을 거야."

필리쁘 필리뽀비치가 부드럽게 말했다.

"극장엔 안 가요."

---

21 독일어로 '나중에'라는 뜻.
22 독일어로 '좋다'는 뜻.

샤리꼬프가 적의 어린 목소리로 대답을 하고는 자신의 입을 향해 십자 성호를 그었다. 그러자 보르멘딸리가 자동적으로 말했다.

"식사 중에 딸꾹질은 다른 사람들의 입맛을 떨어뜨려요. 그리고 미안하지만…… 당신은 극장이 왜 싫은 거죠?"

샤리꼬프가 마치 망원경을 보듯 빈 술잔을 들여다보며 잠시 생각을 하더니 입술을 삐죽 내밀었다.

"바보짓이죠…… 배우들이 대사를 읊고 또 읊지만…… 오로지 반혁명적인 내용뿐이란 말이오."

필리쁘 필리뽀비치가 고딕식 등받이 위로 몸을 확 젖히더니 크게 웃기 시작했다. 그 바람에 입속에서 금니가 반짝거리는 것이 보였다. 보르멘딸리는 그저 고개를 저을 수밖에 없었다. 잠시 후 그가 제안을 했다.

"무슨 책이든 간에 좀 읽으면 좋을 텐데. 알는지 모르겠지만……"

"아, 이미 읽고 있어요, 읽고 있어요…… "

샤리꼬프가 대답을 하고 나서 갑자기 탐욕스럽고도 재빠르게 보드까 반 잔을 자신에게 따랐다. 그러자 필리쁘 필리뽀비치가 불안한 듯 이렇게 소리쳤다.

"지나! 얘야, 보드까를 치워라. 더이상은 필요 없다. 그래, 자네가 읽고 있는 것은 뭔가?"

필리쁘 필리뽀비치의 머릿속에 갑자기 그림 한 장면이 아른거렸다. 무인도, 야자수, 짐승 가죽을 걸치고 원추형 모자를 쓴 사람.

'『로빈슨 크루소우』 같은 내용이나 나오겠지……'

"그 책이…… 그게 뭐더라…… 엥겔스와 그의 왕복서한인
데…… 그러니까 그가…… 이런 젠장…… 아, 카우츠키의 왕복서
한."

순간 보르멘딸리가 포크로 하얀 고기 조각을 찍어올리다 도중
에 멈췄고, 필리쁘 필리뽀비치는 그만 포도주를 엎지르고 말았다.
샤리꼬프가 그사이를 놓치지 않고 약삭빠르게 보드까를 꿀꺽 마셔
버렸다.

필리쁘 필리뽀비치가 식탁에 팔꿈치를 댄 채 샤리꼬프를 쳐다
보며 물었다.

"자네가 읽은 것과 관련해서 뭘 말할 수 있는지 알려주겠나?"

샤리꼬프가 어깨를 움츠리며 말했다.

"난 동의하지 않아요."

"누구? 엥겔스? 아니면 카우츠키?"

"둘 다요." 샤리꼬프가 대답했다.

"맹세컨대, 이거 정말 멋지군. 원래 말하는 자들은 모두 제각각
이지…… 그래, 자네 입장에서는 어떤 의견을 제안할 수 있겠나?"

"제안은 해서 뭐하죠……? 그들은 기록하고, 또 기록하고……
대표자 회의, 독일인들…… 머리가 아플 지경이죠. 그냥 모두 거둬
서 나누면 되는 것을……"

"내가 그럴 줄 알았네, 그럴 줄 알았어."

필리쁘 필리뽀비치가 감탄하여 식탁보를 손으로 내리치며 큰

소리로 말했다.

"그럼 교수님은 방법을 아시나요?"

흥미가 발동한 보르멘딸리가 질문했다. 그러자 보드까를 마신 탓에 말수가 많아진 샤리꼬프가 설명했다.

"여기 어떤 방법이 있냐 하면, 문제는 교활하지 않아야 한다는 거죠. 그런데 이게 뭡니까? 어떤 사람은 방을 일곱개나 차지하고 바지를 마흔벌이나 가졌는데, 다른 사람은 할 일이 없어 빈둥거리며 쓰레기통에서 음식 찌꺼기나 뒤지고 있으니."

"방 일곱개에 대한 얘기는, 물론 나를 두고 하는 것이겠군?"

필리쁘 필리뽀비치가 가늘게 눈을 뜨고 거만한 표정으로 질문을 했다.

샤리꼬프가 몸을 웅크리고는 아무 말도 하지 않았다.

"뭐, 좋아, 난 분배를 반대하지 않으니까. 의사 선생, 어제 돌려보낸 환자가 몇명이나 되는가?"

"서른아홉명입니다."

즉시 보르멘딸리가 대답했다.

"음…… 390루블이라. 그럼 세명의 남자에게 책임을 물어야겠군. 지나와 다리야 뻬뜨로브나는 셈에서 빼고 말이야. 샤리꼬프, 자넨 130루블을 가져오게."

"무슨 소리죠, 뭣 때문에 그런 돈을 내야 하는 거죠?"

샤리꼬프가 깜짝 놀라서 말했다.

"수도꼭지와 고양이!"

평온한 상태에서 비꼬는 투로 말하던 필리쁘 필리뽀비치가 갑자기 언성을 높여 소리쳤다.

"필리쁘 필리뽀비치!"

보르멘딸리가 걱정스러운 목소리로 말했다.

"가만있게, 의사 선생. 이건 말이야, 샤리꼬프, 자네가 저지른 추태로 인해 환자 진료를 하지 못했기 때문에 내야 하는 거야. 이건 정말 참을 수가 없어! 마치 원시인처럼 온 아파트를 뛰어다니질 않나, 수도꼭지를 뽑질 않나. 뽈라수헤르 부인의 고양이는 누가 죽인 거지? 누가……"

"샤리꼬프, 당신이 지난 3일에 계단에서 그 부인을 물었나요?"

보르멘딸리가 급히 끼어들어 물었다.

"자넨 아직도……"

필리쁘 필리뽀비치가 소리를 질렀다.

"아니, 그 여자가 먼저 내 낯짝을 갈겼어요. 내 낯짝은 동네북이 아니란 말이에요!"

샤리꼬프가 날카롭게 소리쳤다.

"그건 당신이 그녀의 젖가슴을 꼬집었기 때문이죠. 당신은 아직……"

보르멘딸리가 술잔을 비우고 나서 큰 소리로 말하기 시작했다. 그러자 필리쁘 필리뽀비치가 더 큰 소리로 외쳤다.

"자넨 아직 가장 낮은 발달 단계에 있어. 정신적인 면에 있어서 이제 겨우 형성되어가는 미약한 존재일 뿐이야. 자네의 모든 행동은 아주 동물적이지. 자넨 지금 대학교육까지 받은 우리 두 사람 앞에서 정말 참기 어려울 정도의 무례한 태도로 분배 문제를 어떻게 할지에 대해 아주 장황하고도 어리석은 충고를 하고 있네……그리고 동시에 가루 치약을 마구 삼켜대고 있으니……"

"지난 3일입니다."

보르멘딸리가 다시 확인했다. 그러자 필리쁘 필리뽀비치가 쩌렁쩌렁 울리는 소리로 말했다.

"그렇군. 자네, 잘 기억해두게…… 그런데 아연 연고는 왜 닦아낸 거야……? 자넨 말이야, 사람들이 자네에게 무슨 말을 하는지 잠자코 잘 들어야 해. 그리고 조금이나마 이 사회의 적절한 구성원이 되기 위해 배우고 노력해야 한단 말이야. 그런데 자네에게 그 책을 보급한 무뢰한은 누군가?"

"당신에겐 모두가 무뢰한이군요."

양쪽에서 공격을 받아 정신이 혼미해진 샤리꼬프가 깜짝 놀라서 대답했다.

"그게 누군지 나는 알 것 같네."

적개심으로 인해 얼굴이 붉어진 필리쁘 필리뽀비치가 큰 소리로 말했다.

"그래요. 시본제르가 줬어요. 하지만 무뢰한은 아니죠…… 나를 더 발전시키려고……"

"자네가 카우츠키를 읽은 후에 어떻게 발전했는지 퍽이나 잘 보이는군."

얼굴색이 노래진 필리쁘 필리쁘비치가 날카로운 목소리로 외치더니 벽에 붙어 있는 버튼을 마구 눌렀다.

"더이상 좋을 수는 없다는 것을 오늘 일이 보여주고 있어. 지나!"

"지나!"

보르멘딸리가 소리쳤다. 놀란 샤리꼬프가 덩달아 소리쳤다.

"지나!"

지나가 창백한 얼굴로 뛰어들어왔다.

"지나, 저기 환자대기실에…… 그 책이 환자대기실에 있지?"

"네, 환자대기실에 있어요. 유산염처럼 녹색 표지 책이지요."

샤리꼬프가 공손하게 대답했다.

"녹색 표지 책이라…… 당장 불태워버려."

그러자 샤리꼬프가 필사적으로 소리쳤다.

"당장 불태우다니! 그 책은 도서관에서 빌려온 관서란 말이에요."

"왕복서한이라고 쓰여 있고…… 이름이 뭐라더라…… 엥겔스와 빌어먹을 어쩌고저쩌고…… 뻬치까 속에 처넣어버려!"

지나가 재빨리 밖으로 나갔다.

"내가 시본제르란 놈의 목을 매달아버리겠어. 정말이야. 제일 큰 나뭇가지에다 매달아서……"

필리쁘 필리쁘비치가 칠면조 날갯죽지를 거칠게 물어뜯으며 소리쳤다.

"우리 아파트 건물 안에 놀랄 정도로 쓰레기 같은 놈 하나가 마치 곪은 종기처럼 들어앉아 있어. 녀석은 신문에다 온갖 무의미한 비방 글을 써대는 것으로도 모자라서……"

샤리꼬프가 적의를 드러내며 야유하듯이 교수를 쩌려보기 시작했다. 그러자 필리쁘 필리뽀비치가 이번엔 자신 쪽에서 그에게 싸늘한 시선을 보낸 후 입을 다물어버렸다.

'아, 우리 아파트에 이제 좋은 일은 전혀 없을 것 같군' 하는 예감이 갑자기 보르멘딸리에게 들었다.

지나가 오른쪽에서 왼쪽으로 갈수록 색이 빨개지는 원추형 빵과 커피 주전자를 둥그런 접시에 담아가지고 왔다.

"난 먹지 않겠소."

위협적이고 적의 어린 목소리로 샤리꼬프가 선언했다.

"아무도 자넬 초대하지 않았어. 예의에 맞게 행동해. 자, 의사 선생, 듭시다."

침묵 속에서 식사가 끝났다.

샤리꼬프가 주머니에서 구겨진 궐련을 꺼내 피우기 시작했다. 커피를 다 마신 필리쁘 필리뽀비치는 시계를 보고 있었다. 그가 시간 알림 장치를 누르자 8시 15분을 알리는 소리가 부드럽게 울렸다. 필리쁘 필리뽀비치는 여느 때처럼 고딕식 등받이에 몸을 젖히고 작은 탁자 위에 놓인 신문을 집으려고 손을 뻗었다.

"의사 선생, 그와 함께 써커스에 다녀오게. 다만 프로그램에 고양이가 있는지는 꼭 살피게."

"아니, 어떻게 그런 더러운 짐승을 써커스에 들여보내는 거죠?"

샤리꼬프가 얼굴을 찌푸리더니 고개를 가로저으며 말했다.

"써커스에 들여보내는 건 고양이만이 아니야."

필리쁘 필리쁘비치가 애매하게 대답을 했다.

"그래, 써커스 프로그램에 어떤 것들이 있는가?"

보르멘딸리가 프로그램을 읽기 시작했다.

"쏠로몬스끼 써커스단에는 뭔가 네개의 프로그램이 있는데……
'유셈스와 죽은 인간'이 있습니다."

"그 유셈스라는 게 뭔가?"

필리쁘 필리쁘비치가 궁금해하며 물었다.

"글쎄요. 이 단어는 처음 봅니다."

"그렇다면 니끼쩐 써커스단 프로그램을 보는 게 낫겠군. 모든 것
이 분명해야 하니까."

"니끼쩐 써커스단에…… 니끼쩐 써커스단에는…… 음…… '코
끼리와 인간의 절묘함의 한계'라는 프로그램이 있습니다."

"그렇군. 친애하는 샤리꼬프, 자넨 코끼리에 대해서 무얼 말할
수 있나?"

필리쁘 필리쁘비치가 신뢰할 수 없다는 표정으로 샤리꼬프에게
물었다. 그러자 샤리꼬프가 화를 내며 대답했다.

"뭐죠, 내가 모른다는 건가요? 고양이는 별개의 문제고, 코끼리
는 유용한 동물이죠."

"그래, 아주 좋아. 유용한 동물이라니 가서 보도록 하게. 그리고

이반 아르놀리도비치의 말을 잘 들어야 해. 써커스 매점에서 어떤 대화에도 끼어들어서는 안돼! 이반 아르놀리도비치, 부탁건대, 샤리꼬프에게 맥주를 권하지 말게."

10분 후에 이반 아르놀리도비치가 오리 부리처럼 생긴 모자에 옷깃을 세운 두꺼운 외투를 입은 샤리꼬프를 데리고 써커스장으로 떠났다. 아파트 안이 조용해졌다. 필리쁘 필리쁘비치는 집무실 안에 있었다. 그가 두꺼운 원추형 녹색 갓 밑의 램프에 불을 켜자 널찍한 집무실 안이 아주 평온해졌다. 그가 방 안을 왔다 갔다 하기 시작했다. 씨가 끝부분이 푸르스름한 불빛을 발하며 오랫동안 뜨겁게 타올랐다. 교수가 바지 주머니에 손을 찔러넣었다. 무겁고 괴로운 생각이 학자풍으로 벗어진 머리를 짓눌러왔다. 그는 입술을 부딪쳐 입맛을 다신 후 "신성한 나일 강변을 향하여⋯⋯"라고 노래를 부르고는 뭔가 웅얼거리는 소리를 냈다. 마침내 그가 씨가를 재떨이에 내려놓고 온통 유리로 된 장식장 쪽으로 다가갔다. 천장에서 내려오는 세 줄기의 강한 전구 빛에 의해 집무실 전체가 환하게 빛났다. 필리쁘 필리쁘포치비가 장식장의 세번째 유리 선반에서 목이 가는 병 하나를 꺼내더니 얼굴을 찌푸린 채 불빛에 비추어 살피기 시작했다. 샤리꼬프의 뇌에서 추출한 작고 희끄무레한 덩어리 하나가 투명하고 짙은 액체 속에서 바닥으로 가라앉지 않고 둥둥 떠다니고 있었다. 필리쁘 필리쁘비치는 어깨를 으쓱하고 입술을 삐죽이며 홈 하는 소리를 내면서 병 속의 덩어리를 뚫어지게 쳐다보았는데, 마치 가라앉지 않고 둥둥 떠다니는 이 하얀 덩어리로부터 쁘레치스쩬까 아파트의 삶을 완전히 뒤집어엎은 이 놀라운 사건의 원인을 찾아내고 싶기라도 한 것 같았다.

대학자인 그가 원인을 찾아내는 것은 충분히 가능한 일이다. 어쨌든 그는 뇌의 부속물을 충분히 살펴본 다음에 병을 장식장 속에 숨기고 열쇠로 잠근 후 조끼 주머니 속에 열쇠를 넣어두었다. 그런 다음 어깨를 움츠리고 양손을 양복 주머니 속에 깊숙이 찔러넣은 후 가죽소파에 몸을 던졌다. 그는 두번째 씨가를 맨 끝부분까지 씹어가며 오랫동안 피웠다. 완전한 적막 속에서 마침내 그가 푸르스름한 불빛을 받으며 백발의 파우스트처럼 외쳤다.

"반드시 내가 해결하겠어."

아무도 그의 말에 대답하지 않았다. 아파트 안에는 정적만이 가득했다. 밤 11시의 오부호프 골목엔 늘 그렇듯 움직임이 없었다. 아주 가끔씩 밤늦은 보행자의 발걸음 소리가 멀리서 울리고, 어디선가 창문을 노크하는 소리가 들리더니 그마저도 이내 사라져버렸다. 집무실 안에서는 호주머니 속에 든 필리쁘 필리쁘비치의 손가락 밑에서 시간을 알리는 음악 소리가 부드럽게 울렸다…… 교수는 닥터 보르멘딸리와 샤리꼬프가 써커스에서 돌아오기를 초조하게 기다렸다.

8

필리쁘 필리쁘비치가 무슨 결심을 했는지는 알려지지 않았다. 그는 다음 한주 내내 특별한 행동을 전혀 하지 않았는데, 아마도 그의 별다른 활동이 없었기 때문인지 아파트 내에는 여러 사건들로 넘쳐나고 있었다.

수돗물과 고양이 사건이 있은 후 엿새가 지나자 주택관리위원회로부터 한 젊은이가 샤리꼬프를 찾아왔다. 여성으로 밝혀진 그 젊은이가 샤리꼬프에게 서류를 건네주자, 샤리꼬프가 즉시 호주머니에 집어넣더니 곧바로 닥터 보르멘딸리를 불렀다.

"보르멘딸리!"

"안돼, 당신은 나를 부를 때 이름과 부칭을 사용하시오!"

안색이 확 변한 보르멘딸리가 샤리꼬프의 호출에 이렇게 응답했다. 지난 엿새 동안 외과 의사 선생이 자신의 피교육자와 여덟번이나 실랑이를 벌여야 했으며, 그 바람에 오부호프 아파트 안의 분위기가 숨 막힐 정도로 답답했었다는 사실을 언급할 필요가 있다.

"그럼, 날 부를 때도 이름과 부칭을 쓰시오!"

샤리꼬프가 아주 당당하게 대답했다.

"안돼!"

필리쁘 필리뽀비치가 문 쪽에서 큰 소리로 호통을 쳤다.

"내 아파트 안에서 이름과 부칭으로 자넬 부르는 건 허락할 수 없어. 만약 '샤리꼬프'라고 부르는 것을 원치 않는다면, 나와 닥터 보르멘딸리는 자넬 '신사 샤리꼬프'로 부르도록 하겠네."

"난 신사가 아니야, 신사들은 모두 빠리에 있죠!"

샤리꼬프가 무례하게 지껄여댔다.

"시본제르의 작품이군!"

필리쁘 필리뽀비치가 소리쳤다.

"좋아, 내가 그 무뢰한 놈을 끝장내고야 말겠어. 신사가 아니면 어느 누구도 내 아파트에 발을 들여놓을 수 없어. 내가 이곳에 있는 한! 그렇지 않으면, 여기서 내가 나가든지 자네가 나가든지 해야 해. 가장 확실한 방법은 자네가 나가는 거야. 오늘 내가 신문에 광고를 내지. 믿어봐, 내가 방을 구해줄 테니까."

"아니, 내가 여기서 나갈 만큼 그렇게 바보인 줄 아시오?"

샤리꼬프가 아주 분명하게 대답했다.

"뭐가 어째?"

되물어보는 필리쁘 필리뽀비치의 안색이 심하게 변했다. 그러자 보르멘딸리가 급히 달려들더니 걱정스러운 듯 그의 소매를 부드럽게 잡았다.

"그런 뻔뻔한 행동은 그만두시오, 므시외(Monsieur)[23] 샤리꼬프!"

보르멘딸리가 목소리 톤을 무척 높여서 말했다. 그러자 샤리꼬프가 뒤로 물러서더니 푸른색, 노란색 그리고 흰색의 종이 세장을 호주머니에서 꺼내어 손가락으로 가리키며 말하기 시작했다.

"보시오. 난 주택조합회원이오. 쁘레오브라젠스끼 아파트 5호의 책임임차인으로부터 16평방아르신[24] 크기의 면적이 내게 제공되어야 한단 말이오."

샤리꼬프가 말을 마치고 잠시 생각을 한 후 예전에 보르멘딸리가 그의 뇌 속에 자동적으로 입력해놓았던 새 단어 '부탁합니다'를 덧붙여 말했다.

필리쁘 필리뽀비치가 입술을 깨물더니 거침없이 말을 내뱉었다.

"맹세컨대, 내가 시본제르 녀석을 쏴죽이고 말겠어."

샤리꼬프가 이 말을 극도로 주의 깊고 예민하게 받아들이고 있는 것이 역력히 보였다.

"필리쁘 필리뽀비치, 포어지히티히(vorsichtig)[25]……"

---

23 프랑스어로 남성에 대한 경칭으로 '…씨, 님, 귀하' 또는 '신사'라는 뜻.
24 구(舊)러시아의 척도 단위로, 1아르신은 71.12센티미터이다.
25 독일어로 '조심하라'는 뜻.

보르멘딸리가 경계의 뜻으로 말했다. 그러자 필리쁘 필리뽀비치가 흥분하여 러시아어로 소리쳤다.

"이건, 알다시피…… 아주 비겁한 짓이야……! 그리고 이걸 염두에 두게, 샤리꼬프…… 신사 양반, 만약 자네가 한번만 더 그런 상식 밖의 파렴치한 행동을 한다면, 내 집에서 자네에게 식사를 비롯한 일체의 음식을 중단시키겠네. 16평방아르신, 그거 참 매력적이군. 하지만 이따위 하찮은 종이 쪼가리 때문에 내가 자넬 먹여살려야 할 의무는 없어!"

깜짝 놀란 샤리꼬프의 입이 살짝 벌어졌다.

"음식도 없이 내가 여기 남을 수는 없어. 이제 어디서 싸구려 음식이라도 먹는단 말인가?"

샤리꼬프가 혼잣말로 중얼거리기 시작했다.

"그러니 예의 바르게 행동하란 말이야!"

두 의사가 이구동성으로 외쳤다.

샤리꼬프가 눈에 띄게 조용해졌다. 이날 그는 자기 자신을 제외하곤 어느 누구에게도 아무런 해를 끼치지 않았다. 자기 자신에게 끼친 손해란, 보르멘딸리가 잠시 자리를 비운 사이에 그의 면도기를 사용하다가 턱이 베인 것이다. 그래서 필리쁘 필리뽀비치와 닥터 보르멘딸리가 상처를 꿰매주었는데, 이때 샤리꼬프가 눈물을 흘리며 오랫동안 울부짖었다.

다음 날 밤, 교수의 집무실에는 푸른빛이 감도는 어스름 속에서 필리쁘 필리뽀비치와 충실한 심복 보르멘딸리, 이렇게 두 사람이 앉아 있었다. 아파트 안에는 이미 모두 깊은 잠에 빠져 있었다. 필리쁘 필리쁘비치는 하늘색 가운에 붉은색 슬리퍼를 신고 있었고, 보르멘딸리는 루바시까[26]에 파란색 멜빵을 메고 있었다. 두 의사들 사이에 놓인 원형 탁자 위에는 두꺼운 앨범, 꼬냐끄 한병, 레몬 한 접시 그리고 씨가 상자가 놓여 있었다. 두 학자는 방 안에 연기가 자욱하도록 씨가를 피워가며 최근의 사건에 대해 열띤 토론을 벌이고 있었다. 바로 이날 저녁에 샤리꼬프가 필리쁘 필리쁘비치 집무실의 문진文鎭 밑에 놓여 있던 20루블을 훔쳐 아파트에서 사라진 후 밤늦게 만취 상태로 돌아온 사건이 발생한 것이다. 사실 그게 다는 아니었다. 낯선 사내 두명이 샤리꼬프와 함께 나타났는데, 그 자들은 정문 계단에서부터 소란을 피웠고, 또 샤리꼬프 방에서 손님으로 하룻밤 머물겠다는 뜻을 표하기도 했었다. 결국, 이 소란한 상황에 표도르가 속옷에 가을 외투만을 걸치고 등장해서 제45경찰지부에 전화를 건 후에야 사내들이 멀리 떠나갔다. 그들은 표도르가 수화기를 내려놓자마자 순식간에 달아나버렸다. 낯선 사내들이 떠난 후에 현관 거울 옆에 있던 녹색 재떨이와 필리쁘 필리쁘비치의 비버 털모자 그리고 지팡이가 어디로 사라졌는지 알 수 없었다. 지팡이에는 금색 결합무늬 글씨로 '친애하고 존경하는 필리쁘 필리쁘비치께 병원 분과 주임의사들이 감사한 마음을 담아 ……날을 기념하여……'라고 쓰여 있었고, 그 뒤에 로마숫자 XXV가 표시

되어 있었다.

"그자들은 대체 누군가?"

필리쁘 필리뽀비치가 주먹을 불끈 쥐고 샤리꼬프를 몰아세웠다.

샤리꼬프는 비틀거리며 옆에 있던 외투에 몸을 기댄 채, 자긴 그 사내들을 잘 모르지만 그래도 개새끼들이 아니라 좋은 사람들이라고 웅얼웅얼거리며 말했다.

"무엇보다 놀랄 일은, 그자들이 둘 다 술에 취한 상태였는데……어떻게 교묘하게 훔쳐갔을까?"

한때 기념 축하 선물이 놓여 있던 받침대 안의 빈자리를 바라보면서 필리쁘 필리뽀비치가 놀라워했다.

"전문가들입니다."

표도르가 수고비로 받은 1루블을 주머니에 넣고 다시 잠을 자러 나가면서 분명하게 말했다.

사라진 20루블에 대해 샤리꼬프는 아파트 안에 혼자만 있었던 게 아니라는 둥 뭔가 알아들을 수 없는 얘기를 지껄이며 완강히 시치미를 뗐다.

"아하, 그렇다면 닥터 보르멘딸리가 그 돈에 손을 댔겠군그래?"

필리쁘 필리뽀비치가 낮고 조용하지만 아주 무서운 뉘앙스가 담긴 목소리로 물었다.

샤리꼬프가 몸을 휘청거리더니 완전히 흐리멍덩해진 눈을 겨우 뜨고 다른 추측을 내놓았다.

"그럼, 지나가 훔치지 않았을까요……"

"뭐라고……?"

그 순간 지나가 마치 유령처럼 문가에 나타나더니 벌어진 재킷 사이로 드러난 젖가슴을 손바닥으로 가리며 소리를 질렀다.

"아니, 어떻게 그가……"

필리쁘 필리쁘비치의 목덜미가 붉게 달아올랐다. 그가 지나에게 손을 내밀며 말했다.

"진정해라, 지나. 흥분하지 마라. 우리가 모든 걸 밝혀낼 테니."

지나가 입술을 삐죽이며 바로 대성통곡하기 시작했다. 젖가슴 윗부분의 쇄골 위에 놓여 있던 손바닥이 펄떡펄떡 뛰기 시작했다.

"지나, 부끄럽지도 않니? 누가 감히 네가 돈을 훔쳤다고 생각하겠니? 어허, 이 무슨 창피야!"

보르멘딸리가 당황해서 말했다.

"이런, 바보로구나, 지나. 이제 그만해라."

필리쁘 필리쁘비치가 말했다. 하지만 지나의 울음은 그치질 않았고, 모두들 잠자코 있었다. 샤리꼬프의 상태도 안 좋아지기 시작했다. 갑자기 그가 벽에 머리를 쾅 하고 부딪치더니 '이' 소리도 아니고 '예' 소리도 아닌 '에에에!'와 비슷한 소리를 냈다. 얼굴이 창백해지고 턱뼈에 경련이 일어나기 시작했다.

"이 녀석에게 빨리 진찰실 양동이를 가져다줘!"

모두가 환자 샤리꼬프를 돌보느라 이리저리 분주히 뛰어다녔다. 잠시 후 샤리꼬프를 재우러 데려갈 때, 그는 보르멘딸리의 팔 안에서 몸을 비틀거리며 간신히 그러나 아주 부드럽고도 리드미컬하게 쌍스러운 단어들을 내뱉으며 욕을 해댔다.

그 모든 사건은 새벽 1시경에 일어났고, 이제 3시가 되었다. 두 의사는 집무실에서 레몬을 곁들인 꼬냐끄를 마셨다. 그들은 흥분으로 인해 밤을 지새우고 있었다. 담배를 얼마나 많이 피워댔던지 짙은 담배 연기가 층을 이루며 천천히 움직이다가 나중엔 아예 미동조차 없어졌다.

창백한 얼굴의 보르멘딸리가 아주 단호한 눈빛으로 잠자리 허리처럼 가는 술잔을 위로 치켜올리더니 감정을 주체하지 못하고 큰 소리로 말했다.

"필리쁘 필리뽀비치. 제가 먹고사는 것도 힘들던 대학생 신분으로 당신께 찾아왔을 때, 의학부에 자리를 마련해주신 일을 저는 결코 잊지 않을 겁니다. 믿어주십시오, 필리쁘 필리뽀비치. 당신은 제게 교수님이나 선생님보다 훨씬 더 큰 존재이시며…… 저의 무한한 존경을 당신께 바치오니…… 당신께 입맞춤할 수 있도록 허락해주십시오, 친애하는 필리쁘 필리뽀비치."

"그렇게 하게, 나의 소중한……"

필리쁘 필리뽀비치가 당황하여 뭐라고 중얼거리더니 보르멘딸리를 향해 일어났다. 보르멘딸리가 그를 포옹한 후 담배 냄새가 풍기는 덥수룩한 콧수염에 입맞춤을 했다.

"반드시, 필리쁘 필리……"

"이렇게 감동적일 수가, 이렇게 감동적일 수가…… 자네에게 감사하네."

필리쁘 필리뽀비치가 말했다.

"나의 소중한 의사 선생, 내가 수술 중에 때론 자네에게 고함을 치기도 했네. 이 노인네의 불같은 성격을 용서하게나. 사실 난 정말 외롭다네…… '쎄비야에서 그라나다까지……!'"

"필리쁘 필리뽀비치, 부끄럽지 않으십니까? 저를 모욕할 생각이 아니라면 더이상 그런 말씀은 말아주세요……"

강한 감동에 휩싸인 보르멘딸리가 진심 어린 목소리로 크게 외쳤다.

"자네에게 감사하네…… '신성한 나일 강변을 향하여……' 고마워…… 난 자네를 재능있는 의사로서도 사랑한다네."

"필리쁘 필리뽀비치, 제가 감히 이런 말씀을 드립니다……!"

보르멘딸리가 열정적으로 소리 높여 말하다가 갑자기 자리를 이탈하여 복도로 통하는 문을 단단히 닫은 후 다시 제자리로 돌아와서 속삭이며 말을 계속 이어갔다.

"이게 유일한 해결책입니다. 물론, 당신께 감히 제가 충고를 드릴 수는 없습니다. 하지만 필리쁘 필리뽀비치, 자신을 한번 보세요. 당신은 완전히 지치셨어요. 정말, 더이상 이렇게 일하는 것은 안됩니다!"

"그래, 절대로 불가능한 일이지."

필리쁘 필리뽀비치가 한숨을 내쉬며 확인하듯 말했다. 그러자 보르멘딸리가 속삭이는 소리로 말을 이어갔다.

"그래요, 이건 있을 수 없는 일입니다. 지난번에 교수님은 제가 걱정된다는 말씀을 하셨어요. 친애하는 교수님, 그때 그 말씀에 제가 얼마나 감동했는지 아마 모르실겁니다. 전 이제 아이가 아닙니다. 이 일이 정말로 무서운 결과를 초래할 수 있다는 생각을 스스로도 해봅니다. 그러나 제가 굳게 확신하는 것은, 다른 탈출구가 없다는 겁니다."

필리쁘 필리뽀비치가 자리에서 벌떡 일어나더니 그에게 손사래를 치며 큰 소리로 말했다.

"유혹하지 말게, 아예 말도 꺼내지 마."

교수는 자욱한 담배 연기의 물결을 흩뜨리면서 방 안을 왔다 갔다 하기 시작했다.

"더이상 듣지 않겠네. 그자들이 갑자기 들이닥치기라도 한다면 무슨 일이 생길지 자네도 알고 있네. 우리의 출신 성분을 고려해볼 때, 처음 유죄판결을 받는 것임에도 불구하고 러시아를 떠나는 게 허락되지는 않을 거야. 친애하는 의사 선생, 자네도 적절한 출신 성분을 가지진 못했어. 그렇잖은가, 친애하는 의사 선생?"

"빌어먹을! 제 아버지께서는 빌리노 법원의 예심판사셨습니다."
보르멘딸리가 꼬냐끄 잔을 비우면서 슬픈 어조로 대답했다.

"그것 보게, 맞지 않는가. 이게 바로 나쁜 상속이란 것이지. 이보다 더럽고 추악한 것은 상상조차 할 수 없어. 그런데, 미안하지만, 이런 점에선 내 상황이 더 나쁘군. 아버지께서 교회 사제장이셨으니. 메르시(Merci). '쎄비야에서 그라나다까지…… 고요한 밤의 어스름 속에서……' 이런 빌어먹을!"

"필리쁘 필리뽀비치, 당신은 세계적으로 중요한 인물이십니다. 그런데 겨우 그따위, 이런 표현을 써서 죄송합니다만, 개자식 하나 때문에…… 그자들이 당신을 건드린다고요? 당치도 않습니다!"

"더더욱 난 그 일을 하지 않겠네."

필리쁘 필리뽀비치가 걸음을 멈추고 유리 장식장을 쳐다보며 우울하게 반대의 뜻을 밝혔다.

"아니, 왜요?"

"왜냐하면 자네도 세계적으로 중요한 인물이 아닌가!"

"그것이 저……"

"바로 그렇다네. 이런 위급한 상황에 동료를 내팽개치고 나만 세계적인 수준으로 뛰어오른다는 건…… 미안하네만…… 난 모스끄바대학 출신이지, 샤리꼬프가 아니야."

필리쁘 필리뽀비치가 의기양양하게 양어깨를 들어올리고는 고대 프랑스 왕과 비슷한 자세를 취했다. 이에 보르멘딸리가 안타까운 마음에 이렇게 외쳤다.

"아아, 필리쁘 필리뽀비치…… 그러니까, 뭐죠? 이제 당신은 저 부랑배 녀석을 정상적인 인간으로 만들 때까지 기다리시겠다는 겁니까?"

필리쁘 필리뽀비치가 손짓으로 그의 말을 끊더니 술잔에 꼬냐끄를 따라서 꿀꺽 마신 후 레몬을 빨고 나서 다시 얘기를 시작했다.

"이반 아르놀리도비치, 자네가 보기에 내가 인간 뇌 기관과 관련한 해부학이나 생리학에 대해 뭘 좀 아는 것 같은가? 어떻게 생각하는가?"

"필리쁘 필리뽀비치, 무슨 당치도 않은 질문을 하십니까?"

보르멘딸리가 당혹스럽다는 듯 강한 반응을 보이며 양팔을 벌렸다.

"좋네. 위선적인 겸손함은 빼도록 하세. 나 역시 모스끄바에서 내가 이 분야의 최악은 아니라고 생각하니까."

"제 생각엔 모스끄바뿐만 아니라 런던이나 옥스퍼드에서도 교수님이 최고십니다!"

마음이 몹시 격해진 보르멘딸리가 그의 말을 가로막고 말했다.

"뭐, 좋네. 그렇다고 치세. 그런데, 미래의 교수 보르멘딸리, 문제는 이거라네. 이 일은 어느 누구도 성공하지 못한다는 거야. 물론이고말고. 물어볼 필요도 없어. 내 경우를 보란 말이야. 나, 쁘레오브라젠스끼가 이미 선언했네. 끝일세. 끌림이야!"

갑자기 필리쁘 필리뽀비치가 장엄한 목소리로 소리쳤다. 그러자 장식장이 울림소리를 내어 '끌림'이라고 응답을 했고, 그가 다시 그 말을 따라했다.

"자, 보르멘딸리, 자넨 내 학파의 첫번째 제자이고, 내가 오늘 확실히 말했듯이, 나의 친구라네. 그래서 친구로서 자네에게 비밀을 말해주겠네. 물론, 나는 알고 있네. 자네가 나를 두고 늙은 당나귀 쁘레오브라젠스끼가 이번 수술에서 마치 의과대 3년생 같은 모습을 보였다는 식으로 모욕하지는 않으리라는 걸 말이야. 사실, 이번에 난 새로운 발견을 얻었네. 그게 어떤 발견인지는 자네도 알고 있지."

이때 필리쁘 필리뽀비치가 슬픈 표정을 지으며 양손으로 창문 커튼을 가리켰는데, 이는 모스끄바를 암시하고 있음이 분명했다.

"그러나, 이반 아르놀리도비치, 이건 꼭 염두에 두게. 바로 이곳에서 우리 모두가 샤리꼬프를 갖게 되었다는 사실이 이 발견의 유일한 결과가 되리라는 점을 말일세."

쁘레오브라젠스끼가 근육이 뭉친 자신의 굵은 목 부위를 손으로 두드리더니 뭔가 묘한 표정을 지으며 얘기를 계속했다.

"하지만, 걱정 말게! 만약 누군가가 이곳에 날 뉘어놓고 채찍질을 한다면, 맹세컨대, 내가 50루블을 지불하겠네! '쎄비야에서 그라나다까지……' 이런 빌어먹을…… 내가 뇌에서 돌기를 찾아내느라 5년이나 틀어박혀 연구했는데…… 자넨 알고 있네, 내가 무슨일을 해왔는지. 이건 그냥 이해될 수 있는 일이 아니야. 그런데 이제 와서 무슨 목적으로 그랬느냐고 질문을 하지. 어느 멋진 날, 너무나 사랑스러운 개 한마리를 저런 쓸모없는 놈으로 변형시키기위해서라니, 정말 머리카락이 거꾸로 서는군."

"이번 일은 뭔가 예외적인 상황입니다!"

"자네 말에 전적으로 동의하네. 자, 의사 선생, 만일 연구자가 자연의 이치에 따라서 손으로 꼼꼼히 더듬어가며 차분히 연구를 진행하지 않고 문제를 해결하기 위해 강하게 밀어붙이기만 한다면어떤 결과를 얻겠는가? 보게, 샤리꼬프와 같은 결과나 얻어서 그런놈에게 죽이나 먹이는 꼴이 되겠지."

"필리쁘 필리뽀비치, 만약 스피노자의 뇌였다면 어땠을까요?"

"그래!"

필리쁘 필리뽀비치가 소리를 질렀다.

"그래! 만약 이 불행한 개가 내 칼로 인해 죽었다면 어떻게 됐을까? 자넨 이번 수술이 어떤 수술이었는지 보았잖는가. 한마디로 말해서, 나, 필리쁘 쁘레오브라젠스끼가 평생토록 이보다 더 어려운 수술을 해본 적이 없네. 물론, 스피노자의 뇌하수체든 다른 어떤 도깨비의 뇌하수체든 접목을 시켜서 개를 아주 고상한 존재로 만들 수도 있겠지. 하지만 '도대체 무엇을 위해서'라는 문제가 있네. 자, 내게 설명해보게, 평범한 아낙네라면 누구라도 언제든지 그와 같은 인물을 출산할 수 있는데, 무엇 때문에 인공적으로 스피노자를 만들어야 할 필요가 있는지 말이야. 사실, 로모노소프 부인도 홀모고르이라는 시골 마을에서 우리의 유명한 학자 로모노소프를 출산하질 않았나! 의사 선생, 인류 스스로가 이런 문제를 염두에 두고 있으며, 또한 매년 진화론적인 질서 속에서, 온갖 쓸모없는 대중들과는 별개로, 이 세상을 아름답게 장식하는 수많은 뛰어난 천재들을 끊임없이 창조해내고 있네. 자, 의사 선생, 이제 왜 내가 샤리꼬프의 진료 과정에서 내린 자네의 결론을 못마땅해하는지 이해가 되겠지. 지금 자네가 맡고 있는, 악마나 물어가면 좋을 나의 발견이란 것이 찌그러진 동전 한닢의 가치에 불과하단 걸…… 아, 논쟁하려 들지는 말게, 이반 아르놀리도비치. 난 이미 알고 있네. 그리고 내가 절대 쓸데없는 소릴 지껄이지 않는다는 것을 자네가 잘 알고 있지. 사실 이론적으로는 매우 흥미로운 일이긴 하지. 뭐, 좋네! 생리학자들은 좋아서 어쩔 줄 모를 테고, 모스끄바는 미쳐 날뛰겠지…… 그런데 실제로는 뭔가? 자네 앞에 있는 게 누구란 말인가?"

쁘레오브라젠스끼가 손가락으로 샤리꼬프가 잠들어 있는 진찰실 쪽을 가리켰다.

"아주 교활하고 뻔뻔한 놈입니다."

그러자 교수가 소리쳤다.

"대체 그가 누군가? 바로 끌림, 끌림이지. 끌림 추구노프. (그 말을 듣고 보르멘딸리가 입을 딱 벌렸다.) 자, 보게. 두번의 유죄판결, 알코올 중독, '평등 분배' 그리고 털모자와 20루블이 사라졌네. (필리쁘 필리뽀비치가 기념 축하 선물로 받은 지팡이를 떠올리고는 얼굴이 붉어졌다.) 인간쓰레기에다 돼지…… 내가 꼭 지팡이를 찾아내겠어. 한마디로 말해서, 뇌하수체는 인간의 타고난 개별 특성을 결정짓는 비밀의 방이지. 타고난 특성을 말이야! '쎄비야에서 그라나다까지……'"

필리쁘 필리뽀비치가 격하게 눈알을 굴리며 계속 소리쳤다.

"모든 인간의 공통적 특징이 아니야. 뇌하수체 자체가 작은 규모의 뇌란 말일세. 하지만 내게 그런 뇌는 필요 없으니 돼지들에게나 줘버려. 난 전혀 다른 문제에 대해 고민을 해오고 있었네. 우생학이나 인간 품종 개량 같은 문제에 대해서 말이야. 그런데 인간을 젊어지게 하려다 이런 결과를 얻고 말았어. 자넨 정말 내가 돈 때문에 수술을 한다고 생각하는가? 난 학자란 말일세."

"당신은 위대한 학자십니다, 정말입니다!"

보르멘딸리가 꼬냐끄를 삼키며 말했다. 그의 눈에 핏발이 섰다.

"내가 2년 전에 처음으로 뇌하수체에서 성 호르몬을 뽑아낸 이후에 작은 실험을 하나 하고 싶었을 뿐이네. 그런데 그것 대신에 도대체 어떤 결과를 얻게 되었는가? 오, 하느님, 맙소사! 뇌하수체 속의 그 호르몬이, 오 하느님…… 의사 선생, 지금 내 앞에는 암울한 절망만이 있을 뿐이네. 난, 맹세컨대, 너무 당황스러워서……"

그러자 보르멘딸리가 갑자기 소매를 걷고 시선을 밑으로 내리면서 이렇게 말했다.

"그럼, 이렇게 하시죠, 친애하는 교수님. 만약 교수님께서 하실 마음이 없다면, 제가 위험을 무릅쓰고 직접 그에게 비소를 먹이겠습니다. 제 아버지가 예심판사라는 건 별로 중요치 않습니다. 결국 그자는 당신의 고유한 실험실적 존재일 뿐이니까요."

그러자 생기도 없어지고 마음도 약해진 필리쁘 필리뽀비치가 안락의자에 몸을 내던지며 이렇게 말했다.

"아니야, 난 자네에게 그런 짓을 허락하지 않겠네. 이제 내 나이가 예순이니 자네에게 충고를 해도 되겠지. 대상이 누구건 간에 절대로 범죄는 저지르지 말게. 깨끗한 손으로 노년까지 살아야지."

"당치도 않습니다, 필리쁘 필리뽀비치. 만약 시본제르가 또다시 그를 마음대로 조종한다면 어떻게 되겠습니까?! 오 하느님, 이 샤리꼬프에게서 어떤 결과가 나올지 저는 이제야 깨닫기 시작했습니다!"

"아하! 이제야 깨달았군그래? 난 수술 후 열흘 만에 알았는데. 맞네, 시본제르가 가장 멍청한 놈이지. 그자는 샤리꼬프가 나보다 자신에게 훨씬 위협적인 존재라는 걸 모르고 있어. 지금은 날 어떻게 해보려는 생각에 온갖 방법을 동원하여 샤리꼬프를 선동하고 있지만, 만약 누군가가 거꾸로 그쪽에서 시본제르를 잡기 위해 샤리꼬프를 선동한다면 아무것도 남아나는 게 없으리란 걸 생각도 못하면서 말이야."

"물론입니다! 고양이들에게 하는 것만 봐도 그렇죠! 개의 심장을 가진 인간."

"오, 아니야, 아닐세."

필리쁘 필리뽀비치가 천천히 말을 이어갔다.

"의사 선생, 자넨 아주 큰 실수를 하고 있어. 개를 비방하지는 말게. 고양이 문제는 일시적인 현상일 뿐이야. 한 이삼주일 지나면 해결될 규율 문제일 뿐이야. 내가 보증하겠네. 앞으로 한달 정도만 지나면 고양이에게 달려드는 것도 그만둘 걸세."

"왜 지금은 안되는 거죠?"

"이반 아르놀리도비치, 이유는 아주 간단하네…… 그런데 정말로 자네가 묻고 싶은 게 뭔가? 뇌하수체가 허공에 걸려 있는 것도 아니고, 어쨌든 개의 뇌에 접목될 텐데. 완전히 뿌리를 내릴 때까지 좀 기다려보게. 지금 샤리꼬프는 아직 개 뇌의 잔재만을 드러내고 있네. 그러니 알아두게, 고양이 문제는 샤리꼬프가 저지른 모든 행동들 중에서 가장 나은 행동이라는 것을. 그리고 생각해보게, 가장 끔찍한 것은 그가 이미 개가 아닌 인간의 심장을 가졌다는 사실이네. 이 자연계에 존재하는 모든 것들 중에서 가장 추악한 심장을 말이야!"

극도로 흥분한 보르멘딸리가 마르고 단단한 주먹을 불끈 쥐더니 양어깨를 움츠린 후 강한 어조로 말했다.

"물론이에요. 제가 그 녀석을 죽여버릴 겁니다!"

"그건 절대로 안돼!"

필리쁘 필리뽀비치가 단호하게 대답했다.

"무슨 그런 말씀을……"

그때 필리쁘 필리뽀비치가 갑자기 주의를 집중시키더니 손가락을 위로 들어올렸다.

"잠깐만…… 내게 발걸음 소리가 들렸네."

두 사람이 귀를 기울여 들어보았으나 복도에선 아무 소리도 나지 않았다.

"소리가 난 것 같았는데."

필리쁘 필리뽀비치가 이렇게 말하고는 이번엔 독일어로 열심히 떠들기 시작했다. 그의 말 가운데 '형사사건'이라는 러시아 단어가 여러 차례 발음되었다.

"잠깐만요."

갑자기 보르멘딸리가 주의를 집중시키더니 문 쪽으로 걸어갔다. 분명히 발소리가 들렸으며, 그 소리가 집무실 쪽으로 다가오고 있었다. 발소리 외에 투덜거리는 목소리도 들렸다. 보르멘딸리가 문을 활짝 열더니 깜짝 놀라서 뒤로 껑충 뛰어올랐다. 필리쁘 필리뽀비치도 너무 놀란 나머지 안락의자에서 몸이 굳어버렸다.

복도 사각 모서리 불빛 아래에 잠옷용 셔츠 하나만 걸친 다리야 뻬뜨로브나가 얼굴이 벌겋게 달아오른 채 싸울 기세로 서 있었다. 마치 완전히 발가벗고 있는 것처럼 보이는 풍만한 몸매가 교수와 의사 선생의 눈을 멀게 했다. 다리야 뻬뜨로브나는 튼튼한 양팔로 뭔가를 움켜잡은 채 질질 끌어당기고 있었다. 이 뭔가의 물체는 주저앉듯 엉덩이를 뒤로 빼고 완강히 버텼는데, 까만 솜털로 뒤덮인 짧은 두 다리가 마룻바닥 위에 바로 서지도 못하고 뒤틀리는 바람에 이리저리 휘청거렸다. 물론, 이 뭔가의 물체는 샤리꼬프로 판명났다. 그는 여전히 취한 상태로 완전히 의기소침했으며, 머리털이 덥수룩한 상태로 루바시까 하나만 걸치고 있었다.

거대한 체구의 벌거숭이 다리야 뻬뜨로브나가 샤리꼬프를 마치 감자 자루처럼 마구 흔들어대며 이렇게 말했다.

"얼마나 꼴불견인지 보세요, 교수님, 우리 방의 불청객 쩰레그라프 쩰레그라포비치를요. 저야 결혼했었던 몸이지만, 지나는 순결한 처녀란 말이에요. 다행히 제가 잠을 깼기에 망정이지."

말을 마친 다리야 뻬뜨로브나가 자신이 부끄러운 상태에 있다는 걸 깨닫고는 양손으로 젖가슴을 가린 후 비명을 지르며 재빨리 사라졌다.

"다리야 뻬뜨로브나, 제발, 용서하게나."

얼굴이 시뻘게진 필리쁘 필리뽀비치가 정신을 차린 후 그녀의 뒷모습에 대고 소리쳤다.

보르멘딸리가 루바시까 소맷자락을 살짝 걷어올리더니 샤리꼬프 쪽으로 다가갔다. 필리쁘 필리뽀비치가 보르멘딸리의 눈을 들여다보고는 몸서리를 쳤다.

"자네 뭘 하려는 건가, 의사 선생! 난 허락할 수 없어……"

보르멘딸리가 오른손으로 샤리꼬프의 목덜미를 움켜잡고 마구 흔드는 바람에 셔츠 앞부분이 찢어져버렸다.

그러자 필리쁘 필리뽀비치가 보르멘딸리 앞을 가로막고 나서더니 단단히 틀어쥔 외과의사의 손아귀 속에서 맥없이 비실거리는 샤리꼬프를 빼내기 시작했다.

"당신은 날 때릴 권리를 갖고 있지 않아!"

목이 조여 숨도 제대로 못 쉬는 샤리꼬프가 바닥에 주저앉은 채 조금씩 취기가 가시는 듯 소리쳤다.

"의사 선생!"

필리쁘 필리뽀비치가 울부짖듯이 크게 소리쳤다.

보르멘딸리가 조금 정신을 차리더니 샤리꼬프를 놓아주었다. 그러자 샤리꼬프가 흐느껴 울기 시작했다. 보르멘딸리가 씩씩대며 말했다.

"뭐, 좋습니다. 내일 아침까지 기다리죠. 이 녀석이 술에서 깨어나면 제가 특별행사를 열어주고 말 테니까요."

잠시 후 잠을 재우기 위해 샤리꼬프의 겨드랑이 밑을 잡아 질질 끌고서 진찰실로 데려갔다. 이때 샤리꼬프가 뒷발로 걸어차며 반항하려고 시도했으나, 이미 다리가 말을 듣지 않았다.

필리쁘 필리뽀비치는 두 다리를 넓게 벌리고 서 있었는데, 이 때문에 하늘색 가운 앞자락이 양쪽으로 벌어졌다. 그는 양손을 위로 올리고 복도 천장 램프 쪽을 바라보면서 말했다.

"자, 자……"

9

　다음 날 아침, 뽈리그라프 뽈리그라포비치가 집에서 사라져버리는 바람에 닥터 보르멘딸리가 약속한 샤리꼬프의 특별행사는 열리지 않았다. 보르멘딸리가 크게 낙담을 했다. 그는 현관문 열쇠를 숨겨놓지 않은 자신을 멍청이라고 욕하면서, 이번 일은 절대 용서할 수 없는 일이라고 소리치며 샤리꼬프가 버스에나 깔려죽었으면 좋겠다는 말로 끝을 맺었다. 필리쁘 필리뽀비치는 집무실에 앉아 손가락을 머리카락 속으로 찔러넣으며 이렇게 말했다.

　"이제 거리에서 무슨 일이 벌어질지 상상이 되는군…… 상상이 돼. '쎄비야에서 그라나다까지', 하느님 맙소사."

　"그가 또 주택관리위원회에 갔을지도 모릅니다."

보르멘딸리가 격분하여 어디론가 달려나갔다.

그는 주택관리위원회에서 시본제르 위원장과 서로 욕질을 해댔다. 이 욕질은 그가 하모브니체스끼 지역의 인민법정에 제출할 탄원서를 쓰기 위해 자리에 앉기 전까지 계속됐다. 그는 탄원서를 쓰면서, 자신은 쁘레오브라젠스끼 교수의 피양육자를 지키는 파수꾼이 아니며, 더구나 피양육자 뽈리그라프가 조합 상점에서 책을 구입할 것처럼 해서 주택관리위원회로부터 7루블을 가져간 것으로보아 더이상 어제와 같은 바보 천치가 아니라고 소리쳤다.

샤리꼬프를 찾는 일로 3루블을 받기로 한 표도르가 아파트 전체를 위아래로 샅샅이 뒤졌다. 하지만 어디에도 샤리꼬프의 흔적은보이지 않았다.

다만 한가지 밝혀진 사실은, 새벽녘에 뽈리그라프가 찬장에서붉은 병 한개와 닥터 보르멘딸리의 장갑 그리고 자신의 신분증을꺼내어 챙긴 후, 챙 모자에 목도리 그리고 외투 차림으로 떠났다는것이다. 다리야 뻬뜨로브나와 지나는 샤리꼬프가 더이상 돌아오지않을 거라는 기쁨과 희망을 숨기지 않고 드러냈다. 그런데 전날 밤에 샤리꼬프가 다리야 뻬뜨로브나에게서 3루블 50꼬뻬이까를 빌려간 일이 있었던 모양이다.

"아니, 어쩌자고 돈을 빌려주었나!"

필리쁘 필리뽀비치가 주먹을 부르르 떨며 고함을 질렀다. 하루종일 전화벨이 울렸다. 다음 날도 계속 전화벨이 울렸다. 의사들은평상시와 달리 아주 적은 수의 환자들만 받았다. 사흘째가 되자 교수의 집무실에서는 모스끄바의 혼란 속에서 어떻게 샤리꼬프를 찾을 것인가라는 문제와 경찰에 이 사실을 알려야 할지에 관한 문제가 진지하게 제기되었다.

그런데 '경찰'이라는 단어가 발음되는 그 순간, 오부호프 골목의 경건한 정적을 깨뜨리는 화물차 소리가 요란하게 울리면서 아파트 창문이 떨리기 시작했다. 잠시 후 아파트 벨 소리가 당차게 울렸다. 이어 뽈리그라프 뽈리그라포비치가 온갖 폼을 잡으며 안으로 들어오더니 아무 말도 하지 않고 모자와 외투를 벗어 옷걸이에 걸었다. 곧 그의 새로운 모습이 밝혀졌다. 그는 어깨 품도 맞지 않는 다른 사람의 가죽점퍼와 닳아빠진 가죽바지를 입고 있었고, 무릎까지 끈으로 매는 높은 굽의 영국제 장화구두를 신고 있었다. 아주 지독한 고양이 냄새가 온 현관을 따라 퍼져나갔다. 쁘레오브라젠스끼와 보르멘딸리 두 사람은 동시에 팔짱을 끼고 문가에 서서 뽈리그라프 뽈리그라포비치의 첫 통보를 기다렸다. 그가 뻣뻣한 머리카락을 쓰다듬고 나서 헛기침을 했다. 당혹스러운 마음을 무례한 태도로 감추려 하는 것이 역력했다. 마침내 그가 말했다.

"필리쁘 필리뽀비치, 내가 공직에 임명되었소."

두 의사가 분명치 않은 건조한 목구멍 소리를 내면서 몸을 꿈틀거렸다. 먼저 평정심을 되찾은 쁘레오브라젠스끼가 손을 내밀면서 말했다.

"문서를 보여주게."

문서에는 다음과 같이 쓰여 있었다.

'실제로 이 문서의 소유자인 뽈리그라프 뽈리그라포비치 동무를 모스끄바 공공사업국에 소속된 모스끄바 시ㅠ 유기동물(고양이 등) 처리반장으로 임명한다.'

필리쁘 필리뽀비치가 어렵사리 말을 꺼냈다.

"그런데, 누가 자네에게 일자리를 주었나? 아하, 내가 직접 맞혀 보겠네."

"그래요, 시본제르가 주었소."

샤리꼬프가 대답을 했다.

"그런데 왜 자네에게서 이렇게 고약한 냄새가 나는지 궁금하군."

샤리꼬프가 신경이 쓰이는 듯 가죽점퍼에 코를 대고 냄새를 맡았다.

"뭐, 냄새가 난다면…… 알다시피, 직업상 그런 거요. 어제 고양이들을 죽이고 또 죽이느라……"

필리쁘 필리뽀비치가 몸을 부르르 떨며 보르멘딸리를 쳐다보았다. 보르멘딸리의 눈이 샤리꼬프를 향해 조준된 두개의 검은색 총구를 연상시켰다. 갑자기 그가 아무런 예고도 없이 샤리꼬프에게 달려들어 아주 확실하게 그의 모가지를 움켜잡았다.

"살려주세요!"

샤리꼬프가 안색이 하얘지면서 우는 소리로 애원했다.

"의사 선생!"

"절대 바보짓거리는 하지 않겠습니다, 필리쁘 필리뽀비치. 걱정 마세요."

보르멘딸리가 쉿소리를 내며 대답한 뒤 큰 소리로 외쳤다.

"지나! 다리야 뻬뜨로브나!"

두 사람이 현관에 나타났다. 그러자 보르멘딸리가 샤리꼬프의 목을 털외투 쪽으로 더 바싹 밀어붙이며 말했다.

"자, 따라하시오, 샤리꼬프. 저를 용서해주세요라고……"

"그래, 알았소. 따라하겠소."

큰 충격을 받은 샤리꼬프가 씩씩거리며 대답했다. 그런데 갑자기 그가 크게 숨을 들이쉰 뒤 몸을 바르르 떨면서 살려달라고 비명을 지르려 했으나 소리가 바깥으로 나오질 않았다. 이 일로 인해 머리는 완전히 외투 속에 파묻히고 말았다.

"의사 선생, 이제 그만하게."

샤리꼬프가 더이상 반항하지 않고 시키는 대로 따라하겠다는 의미로 고개를 끄덕였다.

"……저를 용서하세요, 매우 존경하는 다리야 뻬뜨로브나 그리고 지나이다……?"

"쁘로꼬피예브나."

지나가 깜짝 놀라면서 작은 소리로 말했다. 그러자 완전히 목이 쉰 샤리꼬프가 숨을 헐떡이며 따라했다.

"으으, 쁘로꼬피예브나…… 제가……"

"취한 상태에서 밤중에 추악한 행동을 저질렀습니다."

"취해서……"

"다시는 그런 행동을 하지 않겠으며……"

"하지 않겠으며……"

"이제 그를 놔주세요. 그만 놔줘요, 이반 아르놀리도비치. 그러다 숨이 멎겠어요."

두 여자가 동시에 말했다.

보르멘딸리가 샤리꼬프를 풀어주면서 물었다.

"타고 온 화물차가 지금 당신을 기다리는 거요?"

"아뇨. 나를 데려다만 준 겁니다."

뽈리그라프가 아주 공손하게 대답했다.

"지나, 차를 돌려보내라. 그리고 샤리꼬프, 당신은 내가 하는 말을 잘 생각하고 대답하시오. 당신은 필리쁘 필리뽀비치의 아파트로 다시 돌아온 거요?"

"내게 갈 곳이 또 있나요?"

샤리꼬프가 정신이 멍한 상태에서 소심하게 대답했다.

"좋소. 물은 고요할수록 좋고 풀은 낮을수록 좋은 법. 만약 내 말을 따르지 않으면 추악한 행동을 할 때마다 벌을 받게 될 거요. 알겠소?"

"알겠소."

샤리꼬프가 대답했다.

필리쁘 필리뽀비치는 샤리꼬프가 혼나는 동안 계속 침묵을 지키고 있었다. 웬일인지 불쌍한 모습으로 문가에 몸을 웅크리고 앉아 마룻바닥을 쳐다보면서 손톱을 물어뜯었다. 그러다가 갑자기 눈을 들어 샤리꼬프를 응시하면서 무의식적으로 툭 내뱉듯이 물었다.

"자넨 그…… 죽인 고양이들을 가지고 뭘 하지?"

"외투를 만들어요. 그걸로 가짜 토끼털 외투를 만들어서 노동자들에게 외상으로 판매하는 거죠."

그후 아파트에는 정적이 찾아왔고, 그 정적은 이틀 동안 계속되었다. 뽈리그라프 뽈리그라포비치는 아침에 화물차를 타고 나갔다가 저녁에 나타나서 필리쁘 필리뽀비치, 보르멘딸리와 함께 조용히 식사를 했다.

보르멘딸리와 샤리꼬프는 환자대기실에서 함께 잠을 잤음에도 불구하고 서로 대화를 나누지 않고 있었다. 먼저 지루해진 사람은 보르멘딸리였다.

이틀 후에 눈 화장을 하고 크림색 스타킹을 신은 삐쩍 마른 몸매의 아가씨가 아파트에 나타났다. 그녀는 아파트의 웅장하고 화려한 모습에 몹시 당황해했다. 낡아빠진 외투를 걸친 그녀가 샤리꼬프의 뒤를 따라들어오다가 현관에서 교수와 마주쳤다.

교수가 망연자실하여 한동안 멍하니 서 있다가 눈을 가늘게 뜨고 물었다.

"누군지 알려주겠나?"

"나와 결혼할 여자지요. 우리 타이피스트인데, 나와 함께 살 겁니다. 그리고 보르멘딸리를 환자대기실에서 내보내야 해요. 그자에겐 자기 아파트가 있잖아요."

샤리꼬프가 얼굴을 찌푸린 채 강한 적개심을 드러내며 분명하게 말했다.

필리쁘 필리뽀비치가 얼굴이 빨개진 아가씨를 쳐다보면서 눈을 깜박이며 잠시 생각하더니 아주 정중하게 그녀를 초대했다.

"잠깐 내 집무실에 들러주기 바랍니다."

"그럼, 나도 그녀와 함께 가겠소."

샤리꼬프가 미심쩍다는 듯 재빨리 말했다.

그때 보르멘딸리가 마치 땅에서 솟아나듯 순식간에 나타나서 말했다.

"미안하지만, 교수님께서 부인과 대화를 나누시고, 당신은 나하고 잠시 이곳에 있도록 합시다."

"싫소."

필리쁘 필리뽀비치와 부끄러워 얼굴이 빨개진 아가씨의 뒤를 따라 집무실에 들어가려고 버티면서 샤리꼬프가 적의에 찬 목소리로 대답했다.

"미안하지만, 안됩니다."

보르멘딸리가 샤리꼬프의 손을 붙잡고 진찰실로 데려갔다.

5분 동안 집무실에선 아무 소리도 들리지 않더니 갑자기 아가씨의 울음소리가 잔잔히 들려왔다.

필리쁘 필리뽀비치는 책상가에 서 있었고, 아가씨는 더러운 레이스 손수건을 눈에 대고 울고 있었다.

"그 나쁜 놈이 전투에서 부상을 입었다고 말했어요."

아가씨가 흐느껴 울면서 말했다.

"거짓말이오."

필리쁘 필리뽀비치가 확고하게 대답했다. 그가 고개를 저으며 계속해서 말했다.

"난 아가씨가 참으로 안타깝구려. 하지만 직장 일로 처음 만난 사람과 이런다는 건 있을 수 없는 일이지…… 이보시오, 아가씨, 이건 정말 몰염치한 짓이오…… 그러니……"

그가 책상 서랍을 열더니 10루블짜리 지폐 세장을 꺼냈다.

"난 독약을 먹고 죽어버릴 거예요."

아가씨가 울면서 계속 말했다.

"식당에서 매일 소금에 절인 고기를 먹을 수 있고…… 게다가 협박을 하는 통에…… 자기가 붉은 군대의 지휘관이라면서…… 호화로운 아파트에서 같이 살 것이며…… 매일 파인애플에다가…… 원래 자기 심성이 착하지만 고양이는 증오한다고 했어요. 그가 기념으로 내 반지를 가져갔는데……"

"그래요, 그래, 심성 한번 착하지…… '쎄비야에서 그라나다까지.'"

필리쁘 필리뽀비치가 혼잣말로 중얼거렸다.

"참고 견뎌야 해요. 당신은 아직 이렇게나 젊은데……"

"정말로 그 개구멍에서였나요?"

"자, 돈을 받으시오. 빌려주는 것이니."

필리쁘 필리뽀비치가 큰 소리로 말했다.

잠시 후 마치 의식이나 치르듯이 문이 활짝 열리더니 필리쁘 필리뽀비치의 요청에 따라 보르멘딸리가 샤리꼬프를 데리고 들어왔다. 샤리꼬프가 불안한 듯 눈알을 뒤룩뒤룩 굴렸다. 머리털은 마치 구둣솔처럼 빳빳하게 위로 치솟아 있었다.

"더러운 놈!"

화장 가루분이 묻어 줄무늬가 생긴 코와 눈물로 얼룩진 눈을 번뜩이며 아가씨가 말했다.

"자네 이마 상처가 어떻게 생긴 거지? 이 아가씨에게 설명해주게."

필리쁘 필리뽀비치가 계략적인 의도로 물었다.

궁지에 몰린 샤리꼬프가 모든 것을 운명에 내맡기는 듯 되는대로 지껄였다.

"난 꼴차꼽스끼 전투에서 부상을 입었소."

그러자 아가씨가 자리에서 벌떡 일어나서 큰 소리로 울부짖으며 밖으로 나갔다.

"멈추시오! 잠깐 기다리시오."

필리쁘 필리뽀비치가 그녀의 뒤에다 대고 소리쳤다.

"어서 반지를 내놓게."

그가 샤리꼬프 쪽을 향해 말했다.

샤리꼬프가 가짜 에메랄드가 박힌 반지를 순순히 손가락에서 빼내더니 갑자기 악의에 찬 목소리로 말했다.

"그래, 좋아. 기억해둬, 내일 정원 감축으로 널 정리해버릴 테니까."

"그를 두려워하지 마요. 그가 아무 짓도 못하도록 내가 해드리겠소."

바로 이어 보르멘딸리가 말했다. 그러곤 뒤돌아서서 샤리꼬프를 노려보자, 샤리꼬프가 뒷걸음질을 치다가 장식장에 뒤통수를 세게 부딪쳤다.

"아가씨의 성이 뭐요?"

보르멘딸리가 샤리꼬프에게 물었다.

"성이 뭐냐고!"

그가 울부짖듯 소리치더니 갑자기 거칠고 무섭게 변했다.

"바스네쬬바."

샤리꼬프가 어디 숨을 곳이라도 찾는 듯 눈을 돌리며 대답했다.

보르멘딸리가 샤리꼬프의 점퍼 앞깃을 꽉 움켜잡고 말했다.

"바스네쬬바가 해고됐는지 아닌지 내가 날마다 유기동물 처리반에 직접 확인해볼 거요. 만약 당신이 그녀를 해고한 사실을 알게 되면, 당신을…… 직접 내 손으로 쏴죽일 거요. 조심하시오, 샤리꼬프. 내가 분명 러시아어로 말했소!"

샤리꼬프가 꼼짝도 하지 못하고 보르멘딸리의 코를 바라보았다.

"나도 권총을 구할 수 있는데……"

샤리꼬프가 힘없이 축 늘어져서 혼잣말로 중얼거리다가 갑자기 기회를 포착하고는 문 쪽으로 달아났다.

"조심하시오!"

보르멘딸리의 외침 소리가 샤리꼬프의 뒤를 쫓으면서 울려퍼졌다.

그날 밤부터 이튿날 오전까지 아파트 안에는 소나기가 내리기 직전의 먹구름 같은 고요한 정적이 흘렀다. 모두들 잠자코 침묵했다. 다음 날 아침, 불길한 예감에 머리가 찌를 듯이 아픈 뽈리그라프 뽈리그라포비치가 우울한 얼굴로 화물차를 타고 직장에 출근했을 무렵, 쁘레오브라젠스끼 교수는 전혀 예정에 없던 시간에 예전 환자들 가운데 한명을 접견했다. 그는 뚱뚱하고 키가 컸으며 군복을 입고 있었는데, 끈질기게 교수와의 면담을 요청한 덕에 승낙을 얻어냈다. 그가 집무실 안으로 들어오면서 정중하게 차렷 자세를 취했다.

"다시 통증이 시작되었소?"

얼굴이 핼쑥해진 필리쁘 필리뽀비치가 그에게 물었다.

"자, 앉으시오."

"감사합니다. 아닙니다, 교수님."

손님이 책상 모서리에 철모를 내려놓으며 대답했다.

"당신께 정말 감사드립니다만…… 음…… 제가 당신을 찾아온 것은 다른 일 때문입니다, 필리쁘 필리뽀비치…… 늘 무척 존경하고 있으며…… 음…… 제가 미리 알려드립니다만, 명백한 헛소리지요. 순전히 그 비열한 녀석이……"

손님이 가방 속을 뒤지더니 서류 한장을 꺼냈다.

"다행입니다, 제가 직접 보고를 받아서……"

필리쁘 필리뽀비치가 코안경을 덧붙여 끼고 서류를 읽기 시작했다. 얼굴색이 시시각각으로 변하면서 한참 동안 혼잣말로 중얼거렸다.

'……또한 주택관리위원회 위원장인 시본제르 동무를 죽여버리겠다고 위협했다. 이런 사실로 보아, 그가 총기를 보유하고 있음이 분명하다. 그리고 반혁명적 언사를 일삼으며, 심지어 하녀인 지나이다 쁘로꼬피예브나 부니나를 시켜 엥겔스의 책을 뻬치까 속에 처넣어 태워버리라고 명령했으며, 아파트에 거주등록도 하지 않고 비밀리에 살고 있는 조수 보르멘딸리 이반 아르놀리도비치와 함께 명백히 멘셰비끼[27]처럼 행동했다.

내가 확인함 — 유기동물 처리반장 П. П. 샤리꼬프의 서명.

주택관리위원회 위원장 시본제르, 비서 뻬스뜨루힌.'

"이 서류를 내게 줄 수 있겠소? 아니면, 미안하오만, 혹시 법적 절차를 위해 필요하시오?"

----

27 쏘비에뜨 혁명을 주도했던 러시아 사회민주노동당의 비(非)레닌주의 당파. 지도자 중심의 엄격한 당을 만들자는 주장에 반대하여 개인적 활동의 자유와 점진적인 혁명을 주장하였던 자유주의적 온건파. 10월 혁명을 성공시켜 권력을 장악하게 된 레닌은 1918년 3월 당 대회에서 당명을 정식으로 러시아공산당이라 고쳐 무시무시한 독재체제를 굳히게 되었고, 따라서 당내 우파인 멘셰비끼 지도자들은 피의 정치적 보복을 당하게 된다.

얼굴이 벌겋게 달아오른 필리쁘 필리뽀비치가 물었다.

"미안합니다만, 교수님."

환자가 무척 화가 난 듯 콧구멍을 벌렁거렸다.

"당신은 저희들을 상당히 멸시하는 태도로 보는 것 같군요. 저는……"

그가 거만을 떨기 시작했다.

"미안하오, 미안하오! 용서하시오, 내가 당신을 화나게 할 뜻은 정말 없었소. 화내지 마시오. 내가 그 녀석에게 너무 시달리는 바람에……"

필리쁘 필리뽀비치가 중얼거리듯이 말했다. 그러자 환자가 평정심을 되찾았다.

"제가 생각하기에, 어쨌든 대단한 물건입니다! 그를 한번 보고 싶군요. 지금 모스끄바에는 당신에 대해 어떤 전설 같은 얘기들이 떠돌고 있습니다……"

필리쁘 필리뽀비치는 필사적으로 손을 내저을 뿐이었다. 이 순간 환자는 교수의 등이 굽었으며, 최근에 머리카락이 하얗게 세어 백발이 된 사실을 알아차렸다.

***

죄가 무르익으면 돌처럼 떨어지게 마련이고, 이것은 늘상 일어나는 일이다. 뽈리그라프 뽈리그라포비치는 바짝 조이는 불안한 마음으로 화물차를 타고 집에 돌아왔다. 필리쁘 필리뽀비치의 목소리가 그를 진찰실로 호출했다. 놀란 샤리꼬프가 진찰실 안으로 들어간 다음 알 수 없는 두려운 마음으로 보르멘딸리의 얼굴을 먼저 쳐다보고 이어서 필리쁘 필리뽀비치를 바라보았다. 보조 의사의 얼굴 주위에 먹구름이 잔뜩 끼어 있었고, 담배를 든 왼손이 분만용 안락의자의 번쩍이는 손잡이 위에서 살짝 떨리고 있었다.

필리쁘 필리뽀비치가 침착하지만 아주 예사롭지 않은 목소리로 말했다.

"당장 짐을 싸게. 바지나 외투 등 필요한 건 모두 다. 그리고 이 아파트에서 나가게!"

"어떻게 이럴 수가 있죠?"

샤리꼬프가 진정으로 놀랐다.

"오늘 당장 아파트에서 나가란 말일세."

필리쁘 필리뽀비치가 실눈을 뜨고 자신의 손톱을 응시하면서 좀 전과 같은 어조로 말했다.

뭔가 사특한 악마의 영혼이 뽈리그라프 뽈리그라포비치에게 스며들었다. 파멸이 이미 그를 지켜보고 있었으며, 예정된 운명이 그의 어깨 너머에 와 있었다. 그러자 피할 수 없는 운명을 직접 껴안기라도 하겠다는 듯 그가 악의에 찬 말들을 간헐적으로 내뱉었다.

"아니, 정말 이게 무슨 소리야! 당신처럼 말할 권리가 내겐 없는 줄 알아? 난 이곳에 16평방아르신만큼의 공간에서 살고 있고, 앞으로도 그럴 거야."

"이 아파트에서 나가게!"

필리쁘 필리쁘비치가 성의를 가지고 속삭이듯 작은 소리로 말했다.

그러자 샤리꼬프가 죽음을 자초하기 시작했다. 그가 왼손을 들더니 역겨운 고양이 냄새가 나는 엄지손가락을 검지와 중지 사이에 집어넣은 후 필리쁘 필리쁘비치를 향해 모욕적인 손짓을 해댔다. 그러고는 자신에게 위협적인 인물인 보르멘딸리를 겨냥할 요량으로 주머니에서 권총을 꺼냈다. 순간 보르멘딸리의 손에서 담배가 유성처럼 떨어졌다. 몇초 후, 두려움에 가득 찬 필리쁘 필리쁘비치가 깨진 유리를 밟으며 장식장에서 소파 쪽으로 급히 달려갔다. 소파 위에는 유기동물 처리반장이 사지를 늘어뜨린 채 목쉰 소리를 내며 누워 있었고, 외과의사 보르멘딸리가 그의 가슴팍을 타고 앉아 조그만 흰색 베개로 숨통을 틀어막고 있었다.

몇분 후, 예전과는 전혀 다른 얼굴의 닥터 보르멘딸리가 현관문 쪽으로 걸어가더니 초인종 바로 옆에 다음과 같은 내용의 메모 쪽지를 붙였다.

'오늘 교수님이 편찮으신 관계로 환자를 받지 않습니다. 초인종을 눌러 번거롭게 하지 마십시오.'

그가 번쩍거리는 펜나이프로 초인종 선을 잘라버렸다. 그러고는 마구 할퀴어 피투성이가 된 얼굴과 군데군데 찢긴 채 가늘게 떨고

있는 양손을 거울에 비춰보았다. 잠시 후 그가 부엌문 앞에 나타나
더니 바짝 긴장하고 있던 지나와 다리야 뻬뜨로브나에게 말했다.

"교수님께서 아파트 밖으로는 절대 나가지 말라고 합니다."

"알겠어요."

지나와 다리야 뻬뜨로브나가 벌벌 떨며 대답했다.

"그리고 내가 아파트 뒷문을 잠그고 열쇠를 가져갈 수 있도록
해주시오."

보르멘딸리가 문 뒤쪽 그림자 속에 얼른 몸을 숨긴 후 손바닥으
로 얼굴을 가리며 말했다.

"이건 여러분을 못 믿어서가 아니라 임시로 그렇게 하는 겁니다.
만약 누군가 찾아와서 문을 두드리면, 혹시 정 견디기 어려우면 그
냥 문을 열어줘요. 하지만 절대 우릴 방해해선 안됩니다. 우린 아주
바빠질 거니까."

"알겠습니다."

대답을 마친 두 여인의 얼굴이 창백해졌다. 보르멘딸리가 차례
로 뒷문과 앞문을 잠근 후 현관으로 향하는 복도 문도 잠가버렸다.
곧 그의 발걸음 소리가 진찰실 안으로 사라졌다.

고요한 정적이 온 아파트를 뒤덮고 구석구석 스며들기 시작했
다. 곧 땅거미가 내려앉았다. 추악하고 불길한 긴장감이 도는, 한
마디로 말해서, 암흑이었다. 사실, 이 일이 있은 후에 마당 건너편
이웃 사람들이 다음과 같이 말했다. 마당 쪽으로 난 진찰실 창문을
통해 보니, 그날 밤 쁘레오브라젠스끼 교수 아파트의 모든 불이 환

하게 켜져 있는 것 같았으며, 심지어 자신들은 교수의 하얀 원추형 모자를 직접 보았다는 것이다…… 하지만 이것을 확인하기는 어렵다. 사실상, 모든 상황이 종료됐을 때 지나조차도, 보르멘딸리와 교수가 진찰실 밖으로 나온 이후에 집무실 벽난로 근처에서 이반 아르놀리도비치를 보고 놀라 죽는 줄 알았다는 둥, 보르멘딸리가 집무실 안에 쭈그리고 앉아서 환자들의 질병 내역이 적힌 진료 기록 꾸러미에서 파란색 겉표지의 노트를 꺼내어 자기 손으로 직접 벽난로 속에 넣고 태워버린 것 같다는 둥, 그때 의사의 얼굴은 완전히 푸른빛에다 온통 할퀸 자국투성이였으며, 필리쁘 필리뽀비치도 그날 밤에는 전혀 예전의 모습이 아니었다는 둥 쓸데없는 소리를 떠들어댔기 때문이다. 하지만 쁘레치스쩬까 아파트에 살고 있는 이 순진한 아가씨가 거짓말을 하고 있을지도 모를 일이다……

어쨌든 한가지는 보증할 수 있다. 이날 밤 아파트 안에는 가장 완전하고도 가장 무시무시한 정적만이 흐르고 있었다는 것이다.

에필로그

　밤이 흐르고 또 밤이 흘러 진찰실에서 격투가 벌어진 지 열흘이 지난 어느날, 오부호프 골목에 있는 쁘레오브라젠스끼 교수의 아파트에 날카로운 벨 소리가 울렸다.

　"강력형사계 경찰과 예심판사입니다. 문을 여시기 바랍니다."

　곧 서두르는 발걸음 소리와 바닥에 발 구르는 소리가 나기 시작하더니 사람들이 안으로 들어왔다. 새로 끼운 장식장 유리들에 반사된 불빛이 번쩍거리는 환자대기실에 많은 사람들이 모여들었다. 두명은 경찰복을 입었고, 한명은 검은색 외투에 서류가방을 들고 있었다. 그외에도 이번 사태를 즐기고 있는 창백한 안색의 시본제르 위원장, 젊은 여성, 수위 표도르, 지나, 다리야 뻬뜨로브나, 넥타이를 매지 않은 목 부위를 가리면서 부끄러워하는 반나체의 보르멘딸리가 그 자리에 있었다.

집무실 문이 열리고 필리쁘 필리뽀비치가 안에서 나왔다. 그는 모두가 잘 알고 있는 하늘색 가운을 입고 있었다. 그 순간 최근 일주일 사이에 필리쁘 필리뽀비치의 건강이 많이 회복되었음을 모든 사람들이 금방 확인할 수 있었다. 예전처럼 힘 있고 원기왕성하고 품위가 충만한 필리쁘 필리뽀비치가 밤의 불청객들 앞에 출현하여 자신이 가운을 입고 있는 것에 대해 양해를 구했다.

"괜찮습니다, 교수님."

사복을 입은 남자가 당황한 목소리로 대답을 한 뒤 주저하는 기색으로 말을 이었다.

"아주 좋지 않은 일입니다. 우린 당신 아파트에 대한 수색영장이 있습니다. 그리고……"

그가 잠시 필리쁘 필리뽀비치의 콧수염을 곁눈질하더니 다음과 같은 말로 마무리를 했다.

"그 결과에 따라 체포합니다."

그러자 필리쁘 필리뽀비치가 눈을 가늘게 뜨고 물었다.

"죄목은 무엇이고, 또 누굴 체포한다는 건지 답해주겠소?"

사복 차림의 남자가 뺨을 한번 긁더니 가방에서 서류종이를 꺼내 읽기 시작했다.

"모스끄바 공공사업국의 유기동물 처리반장 뽈리그라프 뽈리그라포비치 샤리꼬프를 죽인 살인죄로 쁘레오브라젠스끼, 보르멘딸리, 지나이다 부니나, 그리고 다리야 뻬뜨로브나를 체포합니다."

남자의 말이 끝남과 동시에 지나가 흐느껴 울기 시작했다. 웅성웅성거리는 동요의 움직임이 일었다.

"전혀 이해를 할 수가 없군요."

필리쁘 필리쁘비치가 마치 왕처럼 근엄하게 어깨를 으쓱거리며 대답했다.

"어떤 샤리꼬프 말입니까? 아하, 미안하오만, 내 개를…… 내가 수술한 개를 말하는 겁니까?"

"교수님, 죄송합니다만, 개가 아니라 그가 이미 인간이었을 때를 말하는 겁니다. 바로 그것이 문제란 말이죠."

"그럼, 그 개가 말을 했나요?"

필리쁘 필리쁘비치가 물었다.

"그렇더라도 그것이 인간이 되었다는 것을 의미하지는 않아요. 어쨌든 중요한 건 그게 아니지요. 샤리끄는 지금도 존재하고 있으며, 그러니까 결정적으로는 아무도 그를 죽이지 않았다는 것이오."

"교수님!"

검은색 외투를 입은 남자가 깜짝 놀라더니 눈썹을 치켜뜨고 말하기 시작했다.

"그렇다면 그를 보여주셔야 할 겁니다. 그가 사라진 지 열흘이나 된데다, 미안합니다만, 사건 정황이 아주 좋질 않습니다."

"닥터 보르멘딸리, 예심판사에게 샤리끄를 보여주게."

필리쁘 필리쁘비치가 영장을 건네받으며 지시했다.

닥터 보르멘딸리가 야릇한 미소를 지으며 밖으로 나갔다.

그가 환자대기실로 되돌아오면서 휘-익 하고 휘파람을 불자, 바로 뒤편 집무실 문에서 이상한 특징을 지닌 개 한마리가 튀어나왔다. 개의 몸엔 군데군데 털이 빠져 얼룩이 져 있고, 얼룩들 위로 조금씩 털이 자라고 있었다. 개는 마치 학자-곡예사처럼 뒷발로 서서 걸어나오더니 바닥에 네발을 내려놓고 주위를 둘러보았다. 무덤과 같은 침묵이 환자대기실 안을 딱딱한 젤리처럼 응고시켰다. 보기에도 흉측한 적자색 상처가 이마에 난 개가 앞발을 들고 벌떡 일어서더니 빙그레 미소를 지으며 안락의자에 가서 앉았다. 그러자 두번째 경찰관이 갑자기 십자 성호를 크게 긋고 뒷걸음질 치다가 지나의 양쪽 발을 밟고 말았다.

검은색 외투를 입은 남자는 입을 다물지도 못한 채 다음과 같이 말했다.

"어떻게 이럴 수가 있나……? 그는 분명 유기동물 처리반에서 일했는데……"

"그곳에 그를 임명한 건 내가 아니오. 내가 틀리지 않는다면, 그에게 추천장을 써준 자는 시본제르요."

필리쁘 필리뽀비치가 대답했다.

"난 정말 모르겠군요."

검은색 외투를 입은 남자가 당황해하며 말하더니 첫번째 경찰관에게 질문을 했다.

"이 개가 그자가 맞소?"

"그자입니다. 실제로 그가 맞습니다."

경찰관이 기어드는 목소리로 대답했다.

"그자가 맞아. 빌어먹을 놈! 다시 털북숭이가 되었어."

표도르의 목소리가 들렸다.

"그가 말을 했었는데…… 쿨룩…… 쿨룩……"

"지금도 말은 하지요. 다만, 점점 더 적게 할 뿐이오. 그러니 지금 기회를 이용하시오. 곧 아무런 말도 못하게 될 테니."

"어째서 그런 거죠?"

검은색 외투를 입은 남자가 조용히 물었다.

필리쁘 필리뽀비치가 어깨를 으쓱이며 대답했다.

"과학은 아직 동물을 사람으로 변화시키는 방법을 알지 못하오. 내가 시도해보긴 했소만, 보다시피 실패하고 말았소. 조금씩 말을 시작하고 원시적 상태로 변하긴 했지만, 결국 격세유전이었소."

"나쁜 말을 쓰면 안돼."

갑자기 개가 큰 소리로 외치며 안락의자에서 벌떡 일어났다.

검은색 외투를 입은 남자가 갑자기 얼굴이 창백해지더니 들고 있던 가방을 떨어뜨리며 옆으로 쓰러지자, 경찰관이 그를 옆에서 부축하고 표도르가 뒤에서 그를 받쳤다. 곧 대혼란이 발생했다. 그 혼란의 와중에도 다음 세 문장은 무엇보다 선명하게 들렸다.

필리쁘 필리뽀비치: "신경안정제를 가져와. 이건 기절이야."

닥터 보르멘딸리: "한번만 더 쁘레오브라젠스끼 교수님 아파트에 나타나면 시본제르 녀석을 직접 내 손으로 계단에서 던져버리

겠어!"

그리고 시본제르: "이 말들을 조서에 기록해두시오."

* * *

보일러 스팀이 따뜻하게 나오고 있었다. 쁘레치스쩬까 밤하늘엔 별 하나가 외롭게 떠 있었고, 집집마다 드리워진 커튼이 그 모습을 가리고 있었다. 최고의 존재이자 권위있는 개-자선가는 안락의자에 앉아 있었고, 개-샤리끄는 가죽소파 옆의 카펫 위에 몸을 의지하고 엎드려 있었다. 3월의 안개 때문에 개는 아침마다 둥그런 반지 모양의 머리 봉합 자국을 따라 괴롭히는 두통에 시달렸다. 그러나 스팀이 따뜻하게 나오는 저녁 무렵이면 두통이 사라졌다. 그리고 지금은 점점 좋아져서 개의 머릿속에는 잘 정돈된 온화한 생각들만 흐르고 있었다.

'난 참 운이 좋아, 정말 운이 좋아.' 개가 꾸벅꾸벅 졸면서 생각했다. '그야말로 이루 형언할 수 없을 정도로 운이 좋아. 이제 내가 이 아파트에서 사는 문제는 확실히 정해졌어. 그리고 분명한 건, 내 혈통이 깨끗하지 않다는 거야. 뉴펀들랜드산 개가 아니고는 이곳에 살지 못해. 내 할머니는 분명 바람둥이였을 거야. 오, 내 할머니를 천국으로 인도하소서! 사실, 이유는 모르겠지만 사람들이 내 머리를 가늘게 썰어 온통 줄무늬를 만들어놓았어. 하지만 내가 장가들기 전까진 다 아물 거야. 그러니 쳐다볼 필요도 없어.'

멀리서 모래시계 소리가 공허하게 울렸다. 개에게 발을 물린 적이 있는 의사 선생은 진찰실 안의 장식장을 정리하고 있었다.

백발의 마법사가 앉아서 노래를 부르기 시작했다.

"신성한 나일 강변을 향하여……"

개는 무서운 장면을 보았다. 최고 권위의 인간이 미끈거리는 장갑을 낀 손을 액체가 들어 있는 용기 속에 푹 담그더니 뇌를 끄집어내는 것이었다. 이 불요불굴의 완고한 인간은 뇌 속에서 뭔가를 끄집어내려고 한참을 애쓰더니 마침내 그것을 잘라냈다. 그러고는 그것을 주의 깊게 들여다본 후 눈을 가늘게 뜨고 노래를 불렀다.

"신성한 나일 강변을 향하여……"

불가꼬프의 삶과 『개의 심장』

1

미하일 불가꼬프는 1891년 5월 15일 끼예프의 신학자 집안에서 태어났다. 아버지 아파나시 이바노비치 역시 신학자였으며, 작가 불가꼬프의 정신적, 도덕적 가치 형성에 커다란 영향을 미쳤다. 불가꼬프의 가정은 해마다 좀더 싸고 편안한 집을 구하기 위해 이사를 다닐 정도로 어려웠지만, 유년시절에 형제들과 보낸 단란하고 행복한 시간은 작가에게 소중한 추억으로 남게 된다.

김나지움 시절 불가꼬프는 오페라 가수를 꿈꾸었을 만큼 오페라를 좋아했다. 특히 오페라 『파우스트』는 수십번도 넘게 보았을 정도였다. 장난기가 많고 상상력이 풍부한 소년이었던 불가꼬프는 러시아 고전작가들, 그중에서도 고골과 쌀띠꼬프-셰드린 같은 풍자작가들을 좋아했다.

불가꼬프는 어릴 적부터 문학과 예술에 관심이 많았지만, 그가 처음 선택한 직업은 의사였다. 1916년 의과대학을 졸업한 불가꼬프는 적십자의 임지 발령에 따라 러시아 남서부 전선의 야전병원과 지방 소도시들로 옮겨다니며 의사로 일했다. 이 시기에 쓴 「모르핀」 「칠흑 같은 어둠」 「사라진 눈」 등의 단편들은 젊은 의사 불가꼬프의 체험을 토대로 한 것으로, 러시아 벽지 농민들의 낙후된 삶, 인뗄리겐찌아의 사명, 개인과 역사의 문제 등에 대한 그의 사고를 담고 있다.

이후 2년여에 걸친 떠돌이 의사 생활을 마치고 고향 끼예프로 돌아오지만 고향 도시의 모습은 그가 기대했던 것과는 달랐다. 당시 끼예프는 세계대전 막바지의 독일 점령군, 독립을 요구하는 우끄라이나 민족주의자들과 볼셰비끼 혁명군, 러시아 제국으로의 복귀를 꿈꾸는 백위군 등이 뒤엉켜 싸우는 참혹한 전쟁터로 변해 있었다. 이러한 내전 체험은 불가꼬프에게 혁명에 대한 심각한 회의를 불러일으켰으며, 특히 혁명과 함께 파괴된 옛 가치들, 그중에서도 정신적인 것의 중심으로서 '집'의 파괴를 안타까워했다. 끼예프에서의 내전 체험은 그의 첫 장편소설인 『백위군』의 토대가 되었다.

1919년 가을, 불가꼬프는 퇴각하는 백위군과 함께 끼예프를 떠나 러시아 남부 블라지깝까스로 간다. 이듬해 백위군은 퇴각했지만 티푸스에 걸린 불가꼬프는 블라지깝까스에 남았고, 고향 지기인 작가 슬료지긴의 제안을 받아 인민계몽위원회 산하 블라지깝까스 문학지국을 맡게 되면서 의사직을 버린다. 그는 이곳에서 『뚜르빈가(家)의 형제들』 외 다섯편의 희곡을 써서 극장 무대에 올리기도 했다.

불가꼬프가 본격적인 작품 활동을 시작한 것은 모스끄바에 정착한 1921년 가을부터였다. 그는 어머니의 사망 소식을 듣고도 장례식에 참석하지 못했는데, 당시 불가꼬프는 극심한 생존 투쟁이 벌어지고 있는 모스끄바에서 신문 리포터, 문예소품 작가 등으로 일하며 간신히 버티고 있었다. 그러던 중 1924~25년에 『악마의 서사시』 『운명의 알』 등의 중편소설과 첫 장편소설 『백위군』을 발표하면서 작가로서의 재능을 인정받기 시작한다. 중편 『악마의 서사시』는 소설가 자먀찐으로부터 영화 장면을 연상시키는 구성적 장치와 세태에 뿌리를 둔 환상이 돋보이는 작품이라는 호평을 받았고, 장편소설 『백위군』은 시인 볼로신으로부터 똘스또이와 도스또옙스끼의 데뷔에 비견할 만한 새로운 작가가 나타났다는 극찬과 함께 러시아 형제 살해의 비극을 다룬 이 작품이 앞서 발표된 그의 어떤 작품들보다도 뛰어나다는 평가를 받기도 했다.

하지만 그와 동시에 불가꼬프의 불온한 사상을 비난하는 비평가들도 생겨나게 되는데, 이런 비판들은 『개의 심장』 『뚜르빈가의 나날』 『조야의 아파트』 등이 무대에 올려진 1926년 이후 더욱 심해졌다. 국가보안국의 가택수색으로 『개의 심장』 원고와 일기를 압수당하고 심문을 받기도 했으며, 『질주』를 포함한 그의 모든 희곡작품들의 공연 허가와 금지가 반복되는 상황이 벌어졌다. 특히 1928년 말에 이루어진 쏘비에뜨 극장 검열과 창작의 자유문제를 다룬 희곡 『적자색 섬』의 공연은 불가꼬프에게 대대적인 공격을 불러일으켰고, 결국 그의 모든 희곡들이 상연 금지를 당하는 결과를 초래했다. 불가꼬프는 당시 '검은 마술사'라는 제목으로 쓰고 있던 소설 『거장과 마르가리따』의 초고를 태워버렸고, 이후 불가꼬프의 작품들은 작가의 생존 기간 동안 단 한편도 출판되지 못한다.

계속되는 검열과 불운한 날들 속에서 불가꼬프에게 가장 큰 위로와 안식처가 되었던 것은 그의 대표작 『거장과 마르가리따』였다. '만일 신이 없다면 누가 지상의 삶을 관장하는가?'라는 물음으로 시작되는 소설 『거장과 마르가리따』는 모든 인간의 삶을 통제·조정하려는 쏘비에뜨 권력과 그 속에서 작가의 운명, 선과 악의 문제 등을 예수 처형 당시의 예루살렘 장면들과 교차시키고 있다. 언제 자신에게 닥칠지 모르는 체포의 위협과 두려움 속에 살면서, 자신이 쓴 희곡들의 무덤이 되어버린 극장에서 강제 노역과 같은 일을 하면서, 그는 계속해서 소설을 쓰고 고쳤다. 소설이 출판될 수 없을 것이라는 말을 들으면서도 불가꼬프는 소설의 타자본을 만들고 다시 수정을 계속했다. 1940년 2월 13일 병상에 누운 채로 아내가 읽어주는 소설을 들으며 마지막 교정을 했고, 한달 뒤인 3월 10일 불가꼬프는 세상을 떠났다.

『거장과 마르가리따』는 작가가 죽은 지 27년이 지난 1967년에

월간지 『모스끄바』에 처음으로 연재되었다. 이 작품의 주요 테마는 창작의 자유를 억압하는 전체주의 체제와 작가의 영혼 사이에서 벌어지는 갈등, 즉 폭압적인 사회가 상상력이 풍부한 예술가를 파괴해가는 과정을 보여준다. 작품 속에는 다양한 패러디를 통해 사회의 형식적인 외관 뒤에 감춰진 추악한 현실의 폭로, 오만한 지배자와 아부만을 일삼는 추종자들의 허위 등이 가득하다. 작가는 환상 같은 이야기의 구조 속에 자신의 창조적 상상력을 마음껏 담아 무궁무진한 허구적 진실을 풍자적으로 담고 있다. 불가꼬프가 죽은 지 27년이 지나 이 작품이 처음으로 햇빛을 보았을 때, 문학계에 커다란 파문을 일으키며 온갖 찬사가 쏟아졌다. 생존 당시에 작가가 받았던 굴레나 오명, 그리고 '반사회적 작가'로서의 낙인과 비교할 때, 이는 아주 드라마틱한 사후의 부활이었다.

2

불가꼬프는 19세기 러시아 사실주의의 전통을 계승하면서 아울러 다른 작가들과 특별히 구분되는 불가꼬프적인 특성을 지닌 사실주의 작가로 평가받는다. 그의 많은 작품들 중에서 1920년대에 집필한 세 중편소설(『악마의 서사시』『운명의 알』『개의 심장』)은 이러한 불가꼬프의 문학적 유산을 이해하는 데 있어 중요한 의미를 지닌다.

세 중편소설은 주제에 있어서 반유토피아적이며 환상적 혹은 공상과학적 소설이라는 유사성 외에도 그로떼스끄 서술기법이라는 공통점을 지닌다. 불가꼬프 작품에 나타나는 그로떼스끄는 그로떼스끄의 일반적인 속성(과장, 환상, 풍자, 코믹 등)뿐만 아니라 고골이나 살띠꼬프-셰드린의 작품에 나타나는 사실성과 환상성의 결합, 정신계와 비정신계의 대조, 교훈성 등을 담고 있으며, 또한 다른 작가들과 구별되는 불가꼬프만의 특징을 지니고 있다. 비평가 멘글리노바는 불가꼬프적인 그로떼스끄의 가장 두드러진 특징으로 '신빙성'을 언급한다. 여기서 신빙성이란, 그로떼스끄의 과장성이나 환상성을 약화시킴으로서 그로떼스끄한 이야기를 사실적 이야기로 받아들이게 만드는 것을 의미한다. 예를 들어, 『개의 심장』에서 개가 인간으로 바뀌었다가 다시 개로 환원되는 그로떼스끄한 이야기를 읽으면서 독자들은 그것이 전혀 과장되거나 환상적이라고 느끼지 못하는 것이다.

이렇듯 인간의 뇌하수체를 이식받고 인간이 된 개-샤리끄의 이야기를 그린 『개의 심장』은 쏘비에뜨의 새로운 인간 창조 이데올로기를 날카롭게 비판한 작품으로, 불가꼬프는 1925년 초에 이 작품을 완성하였다. 그러나 소설이 공식적으로 세상의 빛을 보게 되기까지는 작가의 운명만큼이나 어둡고 긴 터널을 거쳐야 했다. 대부분의 불가꼬프 작품이 1960년대 작가의 복권과 함께 출판된 것과 달리, 이 작품은 50여년이란 긴 세월이 지난 후인 1987년에야 잡지 『즈나먀』를 통해 처음으로 발표되었다.

『개의 심장』이 집필된 1920년대는 혁명과 내전으로 이어지는 대혼란의 소용돌이 속에서 볼셰비끼의 혁명 이데올로기가 강요되던 시대였다. 한편 소설의 주요 소재인 생식기관의 이식이나 유전학적인 방법으로 인간을 개선시키고자 하는 우생학에 대한 논의는 당시 유행하던 화제 중 하나였다. 원래 의사 출신인 작가 불가꼬프는 당시 유행하던 화제에 대해 자연히 관심을 가지게 되었고, 이러한 관심은 작품 속에서 주인공 쁘레오브라젠스끼 교수가 인간의 뇌하수체와 정자분비관의 이식을 통해 '개-샤리끄'를 '인간-샤리꼬프'로 변형시키는 수술로 나타난다.

본래 개-사리끄에게 이식된 뇌하수체는 프롤레따리아 출신인 '끌림 추군낀'의 것이었다. 흥미로운 것은, 러시아어로 '추군'(чугун)이 '강철'을 의미하고, 이는 같은 뜻의 또다른 단어 '스딸리'(сталь)를 연상케 하면서 자연스럽게 '추군낀-스딸리-스딸린'으로 연결된다. 작품 속에서 샤리꼬프의 외모가 스딸린과 매우 비슷하게 묘사되고 있는 것도 이와 무관하지 않다.

한편, 쁘레오브라젠스끼와 그의 조수 보르멘딸리의 대칭적 위치에는 프롤레따리아 출신의 시본제르와 그가 이끄는 '주택관리위원회'가 존재한다. 시본제르가 샤리꼬프에게 지어준 이름 '뽈리그라프'(полиграф)가 러시아어로 '복사기'라는 뜻에서 알 수 있듯이, 샤리꼬프는 시본제르의 명령에 의해 움직이는 하수인이자 그의 기계적 복사판이다. 샤리꼬프는 시본제르에 의해서 통제받고 조정될 수 있듯이 또다른 누군가에 의해서도 통제와 조정을 받을 수 있는 가능성의 소유자이며, 이는 누군가에게 항상 충성을 맹세할 수 있는 '쏘비에뜨적 충견'의 인간형을 연상시킨다. 그가 맡은 직책이 모스끄바 시내를 떠돌아다니는 모든 동물들을 제거(숙청)하는 '유기동물 처리반장'이며, 그가 입고 다니는 가죽재킷 역시 혁명시대의 온갖 폭력과 숙청을 담당했던 '국가보안국'의 복장을 연상시킨다.

결국 인뗄리겐찌아 쁘레오브라젠스끼 교수는 프롤레따리아의 저질적인 인간 본성을 교정하기 위하여 '실험실 인간'인 샤리꼬프를 창조하였으나, 그것은 창조가 아니라 또다른 변형물인 '개-인간'을 만들어내는 중대한 실수였음을 곧바로 직시하게 된다. 이는 개를 인간으로 변형시키는 수술의 성공 후에 샤리꼬프라는 결과물을 놓고 쁘레오브라젠스끼와 보르멘딸리가 '과연 자연의 법칙을 거스르는 이와 같은 수술이 인류의 미래를 위하여 정당한 일인가'라는 문제로 진지한 대화를 나누는 장면에서 드러난다. 여기서 작가는 자신의 주인공을 통해 인간사회에도 자연에서와 같은 법칙이 존재하며, '변화'란 일련의 과정을 무시해버리는 혁명적 방법이 아니라 자연의 진화와 같은 점진적 방법으로 이루어져야 한다는 것을 역설한다. 즉, 자연의 법칙을 파괴하고 자연의 순리를 거역하였을 때, 인간에게 엄청난 재앙이 올 수 있다는 작가 자신의 철학을 전달하고 있는 것이다.

김세일(중앙대 노어노문학과 교수)

작가연보

1891년   5월 15일 끼예프에서 출생.

1900년   끼예프 제2중학교 예비학부 입학.

1901년   끼예프 제1중학교 1학년 입학.

1907년   3월 14일 부친 사망.

1909년   5월 끼예프 제1중학교 졸업, 8월 끼예프대학 의학부에 입학.

1914년   제1차 세계대전이 발발하자 싸라또프 진료소에서 의사로 부상병
            을 치료함.

1915년   4월 따찌야나 라빠와 결혼함.

1916년   의사 국가자격시험에 합격함.

1919년   『젊은 의사의 수기』 계열의 초안인 「지방 의사의 스케치」「질병」

「첫번째 꽃」을 집필함.

1920년 소품 「까페에서」 「사관생도」 등을 일간지 『깝까스』에 게재함. 단막극 희곡 『자위』를 집필함. 4막으로 구성된 드라마 『뚜르빈가의 형제들』을 집필하고 극장에서 공연함.

1921년 희곡 『빠리꼬뮌의 사람들』을 집필함. 9월에 모스끄바로 건너가 10월부터 교육인민위원회 산하 문학부의 비서로 일했으나 12월에 문학부의 해산으로 면직됨.

1922년 단편 「의사의 이상한 모험」 「붉은 왕관」 「3일 날 밤에」 등을 집필함. 2월에 모친 사망.

1923년 소설 『백위군』의 1부를 완성함. 단편 「성가」를 집필함.

1924년 2월에 단편 「회상」 「칸의 불꽃」과 중편 『악마의 서사시』를 집필함. 4월에 첫 부인 따찌야나 라빠와 이혼하고, 9월에 류보피 벨로제르스까야와 동거를 시작함. 10월에 중편 『운명의 알』을 집필함.

1925년 출판사 '러시아'와 소설 『백위군』을 출판하기로 계약함. 단편 「보헤미안」을 발표함. 중편 『개의 심장』을 집필하였으나 쏘비에뜨 현실에 대한 노골적인 적의를 드러냈다는 이유로 검열을 통과하지 못함. 희곡 『조야의 아파트』 집필을 시작함.

1926년 모스끄바 예술극장과 『개의 심장』 공연 계약을 맺음. 희곡 『백위군』의 제목을 『뚜르빈가의 나날』로 확정하고 10월에 모스끄바 예술극장에서 첫 공연을 함. 바흐딴고프 극장에서는 『조야의 아파트』 첫 공연이 이루어짐. 단편 「칠흑 같은 어둠」과 「내가 죽였다」를 집필함.

1927년	희곡『적자색 섬』과 단편「모르핀」을 집필함. 파리의 '꽁꼬르드' 출판사에서『백위군』1권이 출판됨(2권은 1929년에 출판됨).

1927년 희곡『적자색 섬』과 단편「모르핀」을 집필함. 파리의 '꽁꼬르드' 출판사에서『백위군』1권이 출판됨(2권은 1929년에 출판됨).

1928년 희곡『질주』를 집필하고 모스끄바 예술극장과 계약을 맺었으나 상연 금지 조치가 내려짐. 곧『뚜르빈가의 나날』과『조야의 아파트』도 상연 금지됨. 희곡『적자색 섬』의 첫 공연이 모스끄바 까메르느이 극장에서 이루어짐. 소설『거장과 마르가리따』의 집필 계획을 세움.

1929년 세번째 아내인 옐레나 쉴롭스까야와 사랑에 빠짐. 스딸린이 희곡『질주』공연을 반대함. 3월에는 불가꼬프의 모든 희곡들이 상연 금지 조치를 당함. 이에 스딸린, 고리끼 등에게 국외 이주를 요청하는 탄원서를 씀. 중편『비밀의 친구에게』, 몰리에르에 관한 희곡『위선자들의 신비교』를 집필함. 소설『극장』집필을 시작함.

1930년 희곡『위선자들의 신비교』상연이 금지됨. 이에 코미디『지극한 행복』과『악마에 관한 소설』, 소설『극장』의 초고를 불태워버림. 모스끄바 예술극장의 요청으로 고골의 소설『죽은 혼』을 각색함. 희곡『아담과 이브』의 집필을 시작함.

1931년 스딸린에게 자신의 창작활동과 해외휴가에 대한 탄원서를 썼으나 답을 얻지 못함. 희곡『아담과 이브』를 집필함. 똘스또이 소설『전쟁과 평화』각색을 시작함.

1932년 희곡『뚜르빈가의 나날』상연 금지 조치가 해제됨. 모스끄바 예술극장에서 희곡『죽은 혼』의 첫 공연이 이루어짐. 소설『거장과 마르가리따』집필을 계속함.

1933년	전기소설 『몰리에르』를 집필함. 희곡 『질주』의 개정본을 완성함.
1934년	희곡 『지극한 행복』의 집필을 완료함. 스딸린에게 해외여행을 요청하는 탄원서를 다시 썼으나 역시 답을 얻지 못함. 『뚜르빈가의 나날』이 모스끄바 예술극장에서 500회 공연을 달성함. 37장으로 구성된 소설 『거장과 마르가리따』의 초고를 완성함.
1935년	희곡 『알렉산드르 뿌시낀』 『이반 바실리예비치』를 집필함.
1936년	모스끄바 예술극장에서 희곡 『몰리에르』의 첫 공연이 이루어짐. 9월에 모스끄바 예술극장과 작별함. 이후 볼쇼이 극장과 오페라 대본 『미닌과 뽀자르스끼』 『흑해』를 쓰기로 계약함.
1937년	오페라 대본 『미닌과 뽀자르스끼』 『흑해』를 완성하고, 『뾰뜨르 대제』 『1812년』 집필을 시작함.
1938년	소설 『거장과 마르가리따』의 수정본을 완성함. 바흐딴고프 극장의 의뢰로 『돈 끼호떼』를 각색함.
1939년	희곡 『바뚬』을 집필함. 에필로그가 추가된 소설 『거장과 마르가리따』의 전(全)텍스트를 친구들에게 낭독함. 레닌그라드의 볼쇼이 드라마극장과 『돈 끼호떼』 공연 계약을 맺음. 고혈압성 신장경화증으로 인해 시력이 급격히 나빠짐. 모스끄바 근교의 바르비흐 요양소에 머물며 치료를 함.
1940년	질병으로 인해 희곡 『리처드 1세』의 집필을 포기함. 마지막으로 소설 『거장과 마르가리따』의 수정사항을 구술함. 2월에서 3월 초까지 계속 누워 있었고, 가족과 친지들이 병상을 지킴. 3월 10일 오후 4시 39분에 생을 마감하고, 노보데비치 묘지에 안치됨.

고전의 새로운 기준, 창비세계문학

오늘날 우리는 인간의 존엄과 개성이 매몰되어가는 시대를 살고 있다. 물질만능과 승자독식을 강요하는 자본주의가 전지구적으로 확산되면서 현대사회는 더 황폐해지고 삶의 질은 크게 훼손되었다. 경제성장만이 최고의 선으로 인정되고 상업주의에 물든 문화소비가 삶을 지배할수록 문학은 점점 더 변방으로 밀려나고 있다. 삶의 본질을 성찰하는 문학의 자리가 위축되는 세계에서는 가진 자와 못 가진 자 할 것 없이 모두가 불행할 수밖에 없다.

이 시대야말로 인간답게 산다는 것의 의미가 무엇인지 근본적인 화두를 다시 던지고 사유의 모험을 떠나야 할 때다. 우리는 그 여정에 반드시 필요한 벗과 스승이 다름 아닌 세계문학의 고전이라는 점을 강조한다. 고전에는 다양한 전통과 문화를 쌓아올린 공동체의 경험이 녹아들어 있고, 세계와 존재에 대한 탁월한 개인들의 치열한 탐색이 기록되어 있으며, 새로운 세상을 꿈꾸는 아름다운 도전과 눈물이 아로새겨 있기 때문이다. 이 무궁무진한 상상력의 보고이자 살아 있는 문화유산을 되새길 때만 개인의 일상에서 참다운 인간적 가치를 실현하고 근대적 삶의 의미와 한계를 성찰하는 지혜를 얻을 수 있을 것이다.

'창비세계문학'은 이러한 문제의식에서 출발한다. 세계문학의 참의미를 되새겨 '지금 여기'의 관점으로 우리의 정전을 재구성해야 할 필요성이 그 어느 때보다 절실하다. '정전'이란 본디 고정된 목록으로 존재하는 것이 아니라 그때그때 주어진 처소에서 새롭게 재구성됨으로써 생명을 이어가는 것이다. 우리는 먼저 전세계 문학들의 다양성과 차이를 존중하면서 국가와 민족, 언어의 경계를 넘어 보편적 가치에 기여할 수 있는 가능성에 주목하고자 한다. 근대를 깊이 성찰한 서양문학뿐 아니라 아시아와 라틴아메리카, 중동과 아프리카 등 비서구권 문학의 성취를 발굴하고 재평가하는 것 역시 세계문학의 지형도를 다시 그리려는 창비의 필수적인 작업이 될 것이다.

여러 전집들이 나와 있는 세계문학 시장에서 '창비세계문학'은 세계문학 독서의 새로운 기준이 되고자 한다. 참신하고 폭넓으면서도 엄정한 기획, 원작의 의도와 문체를 살려내는 적확하고 충실한 번역, 그리고 완성도 높은 책의 품질이 그 기초이다. 독서시장을 왜곡하는 값싼 유행과 상업주의에 맞서 문학정신을 굳건히 세우며, 안팎의 조언과 비판에 귀 기울이고 독자들과 꾸준히 소통하면서 진정 이 시대가 요구하는 세계문학이 무엇인지 되묻고 갱신해나갈 것이다.

1966년 계간 『창작과비평』을 창간한 이래 한국문학을 풍성하게 하고 민족문학과 세계문학 담론을 주도해온 창비가 오직 좋은 책으로 독자와 함께해왔듯, '창비세계문학' 역시 그러한 항심을 지켜나갈 것이다. '창비세계문학'이 다른 시공간에서 우리와 닮은 삶을 만나게 해주고, 가보지 못한 길을 걷게 하며, 그 길 끝에서 새로운 길을 열어주기를 소망한다. 또한 무한경쟁에 내몰린 젊은이와 청소년들에게 삶의 소중함과 기쁨을 일깨워주기를 바란다. 목록을 쌓아갈수록 '창비세계문학'이 독자들의 사랑으로 무르익고 그 감동이 세대를 넘나들며 이어진다면 더없는 보람이겠다.

2012년 가을
창비세계문학 기획위원회

창비세계문학 18

개의 심장

초판 1쇄 발행 / 2013년 8월 12일

지은이 / 미하일 아파나시예비치 불가꼬프
옮긴이 / 김세일
펴낸이 / 강일우
책임편집 / 심하은
펴낸곳 / (주)창비
등록 / 1986년 8월 5일 제85호
주소 / 413-120 경기도 파주시 회동길 184
전화 / 031-955-3333
팩시밀리 / 영업 031-955-3399 편집 031-955-3400
홈페이지 / www.changbi.com
전자우편 / lit@changbi.com

ⓒ (주)창비 2013
ISBN 978-89-364-6418-9 03890